W0039186

SV

Volker Braun
Machwerk
oder
Das Schichtbuch des
Flick von Lauchhammer

Suhrkamp

© Suhrkamp Verlag Frankfurt am Main 2008
Alle Rechte vorbehalten,
insbesondere das der Übersetzung, des öffentlichen Vortrags
sowie der Übertragung durch Rundfunk und Fernsehen,
auch einzelner Teile.
Kein Teil des Werkes darf in irgendeiner Form
(durch Fotografie, Mikrofilm oder andere Verfahren)
ohne schriftliche Genehmigung des Verlages
reproduziert oder unter Verwendung elektronischer Systeme
verarbeitet, vervielfältigt oder verbreitet werden.
Satz: TypoForum GmbH, Seelbach
Druck: Pustet, Regensburg
Printed in Germany
Erste Auflage 2008
ISBN 978-3-518-42027-0

2 3 4 5 6 − 13 12 11 10 09 08

Machwerk

oder
Das Schichtbuch des
Flick von Lauchhammer

O Arbeit, besser wärs, du hättest nie begonnen. Einmal
begonnen jedoch, solltest du nie mehr enden.

Inhalt

Einleitung, *nicht jugendfrei, und auch für die abgelaufenen Alten nur bedingt dienlich*

Erstes Buch

Erstes Kapitel, *in dem nichts Besonderes los ist, und wir nicht wissen, ob es vorwärts geht*

Zweites Kapitel, *worin Flick aus Lauchhammer auf dem Amt erscheint und sein unerschrockenes Wesen zeigt*

Drittes Kapitel, *das, weil es endlich zur Sache geht, das reine Vergnügen ist oder doch scheint*

Viertes Kapitel, *das wieder brav beginnt und als Massaker endet*

Fünftes Kapitel, *in dem das vorige ein Nachspiel hat und Flick aus Lauchhammer das Amt aufmischt*

Sechstes Kapitel, *vom Mann aus der Menge oder: Der Arbeitsraub*

Siebtes Kapitel, *unterbricht die Handlung, weil nun Flick behandelt werden muß; indes auch hier findet er furchtbare Beschäftigung*

Achtes Kapitel, *in welchem Flick wieder Fahrt aufnimmt und im Hamburger Bahnhof zum Stehen kommt*

Neuntes Kapitel, *genannt Theaterarbeit oder: Ein billiges Lehrstück*

Zehntes Kapitel, *das sich wieder ganz der Arbeit widmet, wiewohl sie von Fremden entfremdet wird*

Elftes Kapitel, *enthält den verdrehten Traum, in dem sich Flick aus Lauchhammer gegen die eingewanderten Windräder wehrt*

Zwölftes Kapitel, *von den Abenteuern in der Wüste Welzow sowie der Erscheinung der Großen Weichenstellerin*

Zweites Buch

Dreizehntes Kapitel, *in dem Flick vor dem Nichts steht und eine Andacht in der Waschkaue hält*

Vierzehntes Kapitel, *von einem Mundloch und einem Arschloch*

Fünfzehntes Kapitel, *holt die alte Geschichte hervor, die in andere Abgründe führt*

Sechzehntes Kapitel, *gewidmet den Tagelöhnern von Spandau*

Siebzehntes Kapitel, *hier geht Meister Flick der Arbeit nach und kommt zu den Maulwürfen*

Achtzehntes Kapitel, *handelt mit Schrott und dergl. Hoffnungen*

Neunzehntes Kapitel, *das Luten auf eine paradiesische Insel führt, wo er aber unter die Räuber fällt*

Zwanzigstes Kapitel, *spielt oder kämpft in der No-Go-Area*

Einundzwanzigstes Kapitel, *schwankt zwischen Lust und Grauen, wie jeder andere Schwank*

Zweiundzwanzigstes Kapitel, *worin Flicks starker Arm alle Räder in Bewegung setzt; heißt auch: Die Streikverbrecher*

Dreiundzwanzigstes Kapitel, *erzählt die Legende von den neuen Mittagsfrauen*

Vierundzwanzigstes Kapitel, *verfolgt Flicks Taten bis ins Gefängnis Luckau sowie Lutens Ab- und Weiterleben*

Drittes Buch

Fünfundzwanzigstes Kapitel, *überliefert einen der größten Kinderstreiche erwachsener Männer (im hängenden Garten von Horno)*

Sechsundzwanzigstes Kapitel, *auf dem kein Segen liegt und in dem die Toten aus den Betten müssen*

Siebenundzwanzigstes Kapitel, *von den Glücklichen Arbeitslosen*

Achtundzwanzigstes Kapitel, *das sich bei der Vorrede aufhält, bevor es zur Sache kommt*

Neunundzwanzigstes Kapitel, *berichtet von einer Tagung, die bis in die Nacht geht*

Dreißigstes Kapitel, *in dem keine Calauer mehr gemacht werden*

Einunddreißigstes Kapitel, *benutzt die Pariser, denn man liegt bei den Kindern des Don Quichotte*

Zweiunddreißigstes Kapitel, *hier werden die Roboter angesprochen*

Dreiunddreißigstes Kapitel, *wo ein Hebamm vor Ort ist, der eine Geburt erst verzögern und dann überstürzen muß*

Vierunddreißigstes Kapitel, *das nichts zu sagen hat, aber den Mund aufmacht*

Fünfunddreißigstes Kapitel, *vermeldet, wie Flick der armen Bärbel den Alb vom Rücken nimmt*

Sechsunddreißigstes Kapitel, *in welchem Flick von Lauchhammer das Zeitliche segnet, aber den Raum nicht verläßt*

Viertes Buch

Siebenunddreißigstes Kapitel, *entdeckt, daß im Winter die Kirschen blühn und andere bedeutende Vorkommen und Vorkommnisse*

Achtunddreißigstes Kapitel, *hat einen stürmischen Verlauf, zumal Flick mit dem Sturmtrupp Kyrill loszieht*

Neununddreißigstes Kapitel, *in dem die Slawerei in Apulien entdeckt wird*

Vierzigstes Kapitel, *führt Geister und Gespenster vor und läuft weltweit. Workingman's Death*

Einundvierzigstes Kapitel *oder: eine melancholische Landschaft*

Zweiundvierzigstes Kapitel, *wo die Haderlumpen auf der Bleiche liegen*

Dreiundvierzigstes Kapitel, *was den Lesern und auch Nichtlesern Asyl gewährt*

Vierundvierzigstes Kapitel, *zeigt endlich, wie Luten sich anstellt*

Fünfundvierzigstes Kapitel, *Experimentum Mundi oder der Vorschein von etwas*

Sechsundvierzigstes Kapitel, *führt ins Übermorgenland. Die Agora von Goitzsche*

Siebenundvierzigstes Kapitel, *worin Flick mit dem Tode ringt, bis es ein Ende hat*

Achtundvierzigstes Kapitel, *das den Meister Flick zur letzten Ruhe bettet, uns aber noch zu schaffen macht*

Nachrede, *die eher das Buch für tot erklärt als seinen Gegenstand, obwohl andere sagen, daß es seinen Gegenstand überlebt*

Einleitung
nicht jugendfrei, und auch für die abgelaufenen Alten nur
bedingt dienlich

Das neue Jahrtausend war noch ganz frisch, minderjährig und unerfahren, als es zu hören bekam, daß es, sosehr es sich strecken und recken würde, nimmer voll beschäftigt werde. Die Arbeit, hieß es, lange nicht mehr hin, die friedliche jedenfalls, und es müsse sich anders die Zeit vertreiben. Das war in die Wiege gesagt; der rosige Bastard lächelte schläfrig und saugte noch die Milch der Illusionen. Die Mutter hatte ihn vorzeitig geworfen – während der Karneval in den Fernsehsendern und Parlamenten begann, und er tobte gleich mit in seinem kotigen Kostüm: und *Spaß* war wohl das Wort, das er zuerst buchstabierte. Die dunkle Prognose mußte dem Neugeborenen eine helle Aussicht dünken, sosehr die alten Männer sie verdüsterten. Sie hatten gerade Grund, die Zukunft zu beklagen, nachdem die Vergangenheit vertan worden war. Das *Große Umsonst* hieß das Stück, das seit sie denken konnten gespielt wurde, Krieg und Unzucht! Krieg und Unzucht! wie in Shakespeares Tagen. Umsonst, mußte es scheinen, war nicht nur der Tod, auch das Leben; jetzt sollte es auch die Arbeit sein, wenn man daran riechen durfte: unbezahlbar, unentlohnt. Wenn es die Jugend erführe, würde sie grinsend sitzenbleiben in der Lehre und darauf hinarbeiten, nichts zu tun. Aber so schlau war die Bestie nicht, und die Erzieher, Staat, Polizei, werden sie an die Kandare nehmen und ihr zeigen, wo der Hammer hängt. Gewiß, das wird ein Mißbrauch sein, ihrer problematischen Neigungen, staatliche Nötigung, die ein neues Regime in die Menschheit bringt. Unzucht mit Abhängigen (sei hier angezeigt), Kinderschändung von belgischem Format. Noch schlummerte der Bengel idiotisch, und diese Einleitung gehört nicht in seine Hände, sie ist herauszureißen aus dem Machwerk. Die abgelaufenen Alten aber, wenn sie sich vollmachen, könnten immerhin den Arsch damit wischen. Die Jüngeren würden Bescheid bekommen, wenn sie es wissen wollten und zur Tat schritten oder sie unterließen, hoffnungsvolle und -lose Fälle, sie werden ins Schichtbuch schreiben, wie der Tag verlief, den sie älter werden als wir, denn in der Geschichte sind die Jüngern die Ältern.

Erstes Buch

Erstes Kapitel
in dem nichts Besonderes los ist, und wir nicht wissen,
ob es vorwärts geht

Die Niederlausitz liegt heute ruhig rauchend da, eine
Landschaft, durch die die Arbeit gegangen ist, berühmte
Gegend, die *es hinter sich hat* und verlassen wurde von
den Mannschaften und Maschinen, und nur Halden, Wü-
stungen, wiederbewachsene Böden sieht man, das End-
bild großer Zeiten. Da war sozusagen das Heu gemacht
und die Kohle gegessen, und die Straßen wurden hoch-
geklappt. Da gibt es verschwundene Orte, die auf den
Landkarten, aber nicht auf der Erde zu finden sind, weil
sie nichts mehr hergab und nichts weiter versprach (als
einmal Ruhe, Erholung und dergl.), grau und nutzlos wie
die Valleys in Wales. Der Mensch war ihr nun gleichgül-
tig, sie kannte ihn (was sollte noch kommen), sie kümmerte sich nicht um ihn: sie atmete auf. Kein Lärm mehr,
als den die Krähen machen, keine Losung, als die der Regen schifft. Die Natur war sich selbst überlassen und
arbeitete jetzt allein; langsam, mühsam, ernsthaft wie nie
ein Staat. Sie holte sich das Land zurück, die Restdörfer,
Straßenreste; was aufgegeben war, gemeindete sie ein
unter ihr großzügiges grünes verstaubtes Statut. – Aber
was war mit dem Menschen?
Da war natürlich nichts los, obwohl nichts angebunden

ist und alles wegrutschte, weshalb ein paar Leute die Böschungen verfestigten. Sie ließen gerade noch Wasser in die tiefen Gruben laufen – die Löcher, in denen die Orte verschwunden waren, und während ich das Märchen schreibe … und wenn sie es kaufen … und bis sie es ausgelesen haben, werden die Seen verfüllt sein, und die Landschaft, und der Leser … die Landschaft wird verwandelt sein.

Auch mir gilt der Mensch – ich spreche es aus, und atme auf – im Ganzen gleich; meine Natur ist so, die doch am einzelnen hängt. – (Verf. weiß, *es muß in dem, was ein lebhaft erschütterndes Lachen erregt, etwas Widersinniges sein (woran der Verstand an sich kein Wohlgefallen findet)*.) – Der Mann, um den wir uns hier kümmern, obwohl er in vorgerücktem Alter ist, in dem man nicht leicht mehr Beschäftigung hofft, war in seiner besten Zeit, was man einen *Experten* nennt; man rief ihn: in der Not, wenn die Arbeit nicht weiterging, oft genug, daß er bekannt war in der ganzen Knappschaft. Er verlor die Arbeit – nein, er verlor, das weiß man, keinen Tag, keine Stunde, wie sollte er den Beruf versieben? Der Meister Flick aus Lauchhammer wurde entlassen, als er noch nicht sechzig war, nachhause geschickt wie jeder Schichtschlunk. Sein Kopf und seine Knochen waren abgenutzt, doch derwegen brauchbar und beweglich, aber sein Gerät wurde ihm aus der Hand genommen. Die *Großgeräte* waren angehalten, *stillgelegt*; wie sollte ein Mensch da weiterlaufen? Flick selbst hatte mit dem täglichen Betrieb nichts zu tun gehabt und mit dem nächtlichen nicht, nicht an Schichtrekorde band sich sagenhaft sein Name: an Havarien. *Flick* war zu jeder Tag- und Nachtzeit zur Stelle gewesen, wenn eine Katastrophe hereinbrach und ein Bagger verunglückte, und während noch alles ratlos herumhanste, hatte der Haudegen die Lage gepeilt. Bei seinem bloßen Erscheinen war der Haufen ganz ruhig und ernst geworden und seinen Befehlen gefolgt.

Nun hätte der alte Sack an die Rente denken können, aber seine Mechanik war zu geölt, seine Unruhe zu lange aufgezogen worden, als daß er zur Ruhe kommen konnte. Er hatte sein ganzes Leben mit Arbeit zugebracht, sie war sein *oberstes Lebensbedürfnis* und wurde, jetzt, da sie ihm entzogen war, eine wahre Sucht und Besessenheit. Er ging noch immer in seiner Montur herum, seiner unvermeidlichen Kluft, Karabinerhaken am Koppel, roter Helm. Er wußte wohl, daß man ihn nicht mehr rufen und holen würde, aber er war schwer von Begriff, d. h. er hing an den alten, abgeklapperten Worten, *Einsatz, Leistung*; ein Durchreißer, wie er im Buche stand. Jetzt war es zugeschlagen wie das Tor von Brieske-Ost.

Da ergab sich in der Bekümmernis – die mein ganzes Kümmern ist – eine Gelegenheit, die wir nicht vorbeigehn lassen an unsern Leuten. Sie sollten, untätig, doch was tun, und sich ein wenig verausgaben, wenn sie den Unterhalt kassierten; sie hatten sich nämlich wieder auf dem Amt zu melden, das diesmal selber die Arbeit ersann. – Welche es sei, und wo sie lauerte, das war das Geheimnis, das man den Neu- und Unbegierigen lüften wollte, wenn sie loszogen: ob der Doktor nun Straßen fegen und die Stanzerin tanzen würde. Diese Ungewißheit schreckte die Kandidaten: denn jeder stinkende oder vergessene Beruf konnte sie wählen. Aber mehr noch als die ungewollte Bekanntschaft mit dem ganzen Aussatz von Tätigkeiten erbitterte der geringe Wert, den man ihnen beimaß. Sie waren fast umsonst zu tun – 1 Euro wog symbolisch die Stunde, die dennoch 60 Minuten behielt, ein Taschentrick, der das Publikum sprachlos machte. Es ahnte, es wußte, daß hier ein Experiment begann, das nach vorne wies oder nach hinten losging, aber an seinem Leib vollzogen wurde, und die Regierung würde unsterblich werden, berühmt oder blamiert. Und wie im voraus empfand man Scham, ein solches Werkzeug zu sein, das nun für immer zur Verfügung stand oder weggelegt wurde. Dergleichen unentschiedne Gefühle ermatteten die Masse, und nur zögernd folgte sie, blaß und blank, der Einberufung.

Aber etwas ereignete sich – wo so nichts los war, etwas Großes, Feierliches, und Flick rieselte es über den Rükken: daß ihn sein Enkel einmal an der Hand nahm, und ohne ihn anzusehn, als wenn er Mitleid mit dem Alten hätte, an der Hand hinauszog. Wohin denn? – Ludwig (oder Luten), sechzehn, war ein Sorgenkind, indem er noch keine Lehrstelle gefunden, und auch keine Anstalt machte, sich zu verdingen, sondern bei seiner Mutter lungerte und den Lorbaß gab. Und trotzig oder bedrückt, zog er sich seine Kapuze über den Nischel, und man wußte nicht, träumte er oder holte er sich seine

Dröhnung? So überspielte, übertönte er sein Pech und verluderte fröhlich, und hatte bald seinen Namen weg: welchem das *Luder* gerecht wurde, weil faul und blöde war man wie nichts, wenn man nichts nutzte. Es wuchs dem Alten hier ein Notfall zu, ein kniffliger Auftrag, ein dauernder Dienst, denn sie hatten den Jungen gleichsam *adaptiert* am Hausstand. Der kindische Kerl also zog ihn mit, und der Alte sagte:

Komm, meine Sorge.

Und meine Freude, und meine Not,

ergänzte der Junge, und der Alte nickte. Es ging auf den Bolzplatz. Der lag eben dort, wo des Meisters Arbeitsplatz gewesen war: in der Grube; und was die Burschen dort trieben, ballerten und bolzten, mußte dem ein Unfug dünken. Lächerliches Gewühle, eifrig, aber unökonomisch, angestrengt, aber ergebnislos. Wenn sie die Iller gegen das Wellblech knallten, riefen sie: Jetzt gehts lo-os! und Flick stand wie ein komischer Schiri in dem Endspiel. Das glich (so schien ihm) einer öden Parodie auf den Arbeitstag, die *rollende Woche*, das richtige Leben. Er wollte kein Spielverderber sein, aber er lief so schwerfällig und leichtsinnig auf, wie enthoben zugleich und in den Sand gesetzt. Eine Empfindung, scharf und ermüdend, daß er sich setzen mußte, um hier zu verrotten. Es war der gleiche seidenfeine Sand, den er nun mit der Stiefelspitze bewegte (und in seinem Kopf schrammte und schrie die Eimerkette), der Sand und Staub, zu dem seine Knochen wurden.

Zweites Kapitel

worin Flick aus Lauchhammer auf dem Amt erscheint
und sein unerschrockenes Wesen zeigt

Es war heller Vormittag, eine bequeme Zeit, als Flick
sich auf den Weg machte. Er sollte neun Uhr vor Ort
sein, er wäre auch neun Uhr nachts aufgebrochen. Es
nieselte, es hätte auch dreeschen dürfen, Flick hätte sein
Laufwerk bewegt. Er sagte der Frau, die frühstückte, wie
gewöhnlich nicht wohin, strich dem Enkel, der Fliegen
fing, hart übern Grind, und ging so merkwürdig ernst,
wie er das Weltall nahm, auf die Umlaufbahn. Sie führte
frisch geteert am Hammergraben entlang, der nicht
mehr stank, an Tankstellen vorbei, die wie Pilze aus dem
Schotter schossen, und zwischen halb abgerissenen
Wohnblöcken hin. Irgend brach ihm der Schweiß aus, er
öffnete die Lederjoppe, die neuerdings über dem Bauch
spannte, denn er war in der Wartezeit aus dem Leim
gegangen; Trägheit = Masse ohne Geschwindigkeit. Er
war ein fester, breiter Mann, und so war sein Schritt, auf
das Ziel zu. – Es lag direkt im Weg, der einzige größere
Neubau, ein Amt von dämonischen Dimensionen, es
mochte wohl Platz sein, die Einwohnerschaft zu bergen.
Flick lief die Treppen hinauf und ohne sich aufzuhalten
in einen langen Korridor. Der Haufen, auf den er traf,
stand in Reihen an und wartete. Er ging mit halb erhob-
nen Armen durch das Spalier; keiner grüßte oder gab ein
Zeichen. Seine Füße stapften wie im schweren Sand auf
der Strosse, wo der Bagger hielt. Keiner rief: *Der Flick!*

und ächzte auf, es waren vielleicht zu viele, die sich um ihn drängten. Sie hingen herum in ihren Kutten, eine ungläubige Prozession. Er wars nicht, dachte er belustigt, der sie einrangiert, bei der großen Havarie, und zusammenflickt, weil der Weltkreis wankt.

Ein Mann kam rückwärts rudernd aus einer Tür, in der er sich wohl geirrt hatte, und schrammte die saubere Wand, um nicht spurlos zu verschwinden; eine Frau flog weinend aus der andern, in die sie sich verlaufen und keinen Ausweg gefunden, und ließ nun den Tränen ihren Lauf. Das waren nicht die Vorfälle, an denen sich Flick orientierte. Er mußte ins Getriebe schaun und öffnete unaufgefordert die dritte Tür. *Windisch:* war angeschrieben. Er sah verblüfft einen leeren Raum, worin die Beraterin, an ihrem großen Tisch, sich mit sich selbst beriet. Frau Windisch demnach. Da traf ihn ein strenger Blick, dem eine steile Falte sekundierte, die die verfahrene Lage beschrieb. Flick griff rasch nach dem Stuhl, um sich aufzustützen und Übersicht zu gewinnen. Sie kroch förmlich in ihre Akten zurück, und er fragte frisch: Was liegt an?

Die Person zögerte, den Mann zu bedienen, der außer der Reihe herein und so unverfroren zur Sache kam. Das schien ein ganz Abgebrühter zu sein, den sie zurechtweisen mußte in die neuen Regeln und Verordnungen, die für ihn gemacht waren. Sie betete also barsch den Zusammenhang her zwischen seinem Erscheinen und der Sache, die er nicht ablehnen könne, und wenn er sie ablehne oder nicht erscheine (und Flick schüttelte den dicken Kopf bei den Formalitäten), und wenn er sich weigere für sein Geld (fuhr Windisch schärfer fort:) – Flick sagte gelassen:

Wo brennts denn?

Sie wußte nun nicht, ob er besonders widerwillig oder willfährig fragte; es klang wie die unverschämte, stumme Wut in den Fluren, die man nie mehr besänftigt. Doch der Kunde schien nicht beeindruckt, sondern zu allem entschlossen. – Sie wandte sich, wie um sich Rückendeckung zu verschaffen, nach dem Regal um, in dem die Akten ruhten – ruhten, jetzt waren sie zu bewegen zu arbeiten! Jetzt sollte sie ihnen ein (elendes) Leben einhauchen, und sie saß erbittert da, das Lineal in Händen wie eine Forke, um den Fall zu befördern. Aber sie konnte ihn nicht einordnen.

Wo ist das Problem, rief Flick und schlug die Hand an den Helm.

Willst du nicht hören, worum es sich handelt? fragte sie überrascht.

Flick: Klar (er hob den Stuhl an). Wann gehts los?

Die Beamtin wurde bleich vor Schreck, und fand die Klingel nicht unter dem Tisch, die für den Ernstfall installiert worden war, falls einer die Axt in den Tisch hieb oder anders hoffnungslos hantierte … und wieder rot vor Scham, daß sie ihn mißverstehen könnte. Denn er stand da, auf dem Sprung, *einsatzbereit*, und setzte den Stuhl präzis auf den Boden. So ein Mann war Frau Windisch noch nicht untergekommen. Sie war nicht die Jüngste (wie man höflich sagt) und mit dergleichen Kadern beschäftigt gewesen, als es an Arbeit nicht, sondern im Gegenteil an Kräften gemangelt hatte und man sie mit dem Lasso einfangen mußte in Pumpe oder Großräschen. Da waren sie nicht so wählerisch gewesen, und jeder hatte irgendwie Spargel gestochen oder ein Loch gebohrt.

Es sei, beharrte sie sacht, keine richtige, reguläre … Sache und Stelle, keine *Anstellung*, aber

Flick nickte verständig und ließ sich vernehmen:

Ein Einsatz, das kann ich. Ich bin bereit.

Windisch: Achwas; bereit!?

Jetzt fiel ihr erst auf, daß er den Schutzhelm trug und Arbeitshosen anhatte, mit den Karabinerhaken daran, in die er die Daumen steckte. Diese festen dicken Daumen sah sie lange an, wodurch die Vernehmung stockte und sie an andere Dinge dachte, zu denen sie nicht kam, weil sie sich hingab quälende acht Stunden … hinhielt, aufhielt mit diesen lustlosen Leuten. – Während also ihr Herz schlug bei dem Gedanken, ihn zu vermitteln, schob sie die Zettel, Zettelchen, Anträge durcheinander, die sie in petto hatte, heroische Gewerke für diesen Brigadier, Dispatcher oder Vorarbeiter, die Vorbereitung des Abfalls zur Entsorgung, die Wiedervernässung von Mooren, das Auszählen von Vogelnistplätzen. Das war keine … Sache für ihn, die Arbeit war, oder keine Arbeit, die Sache war, aber sie hörte ihn sagen:

In Ordnung. Das schaffen wir schnell.

Und Flick fischte ein zerknülltes Blatt vom Tisch, einen Ukas auf Packpapier, und als sie es festhalten wollte, legte er seine schwere Hand auf ihre verlegenen Finger, als sei *sie* es, die man beraten müsse, und er ließ sich Zeit … Sie sah in sein sonnengebräuntes Gesicht, die entschlossenen Züge strömten eine Ruhe und Zuversicht aus, die sie selber ganz unsinnig ruhig machte. Er glättete das Blatt (mit den Daumen), um die wirbligen Linien zu lesen auf dem Antrag, den er annahm, und sie ließ es beschämt geschehen, wie eine Hure, die heiratet. Flick zog einen Rotstift aus seiner Brusttasche, und sie schraffierte ein steiles Rechteck.

Windisch: Hier ist das Karree.

Flick (steckte den Stift ein): Wiedersehn macht Laune.

Es war das erste verständliche Wort seit seinem Erscheinen. – Und als die Erscheinung abging, energisch wie nie ein Wesen, und die Tür akkurat ins Schloß schlug, sah sie ihm den unbegreiflichen Auftritt nach, sah sie ihm unbegreiflich nach … mit dem ganzen Rest ihrer unvermittelten Freude, bis sich wieder die tiefe Falte in die Stirn grub.

Drittes Kapitel

das, weil es endlich zur Sache geht, das reine Vergnügen ist oder doch scheint

Es geht also weiter im Text, der nichts verspricht, aber vorgeschrieben ist von den Behörden, die nicht weiterwissen und uns die Papiere schicken, fabelhafte Formu-

lare. Wir füllen sie aus ... Flick fuhr mit seiner schweren
MZ zu dem abgelegenen Stellplatz. Die Landstraße entließ ihn querfeldein auf eine mutterseelenlose Piste, Be-
tonplatten im Raps. Ein fester, gleichwohl beschwingter
Untergrund, der ihn durchschüttelte, *gehörig*, wie es in
seiner Zentrale hieß.
Aufgebrochen liegt die Erde
Und wir sehn das Eingeweide ...
Er spürte wieder die Lust des Losziehns, die Schaufeln
geschultert über die dunstigen Wiesen ... in der rohen
Frühe immer ein Tagwerk weiter in der Taiga; jetzt war
es ein zerfahrener Wald. Ein abgeschlagener Schlag-
baum stoppte die Reise, und der alten Ordnung gehor-
chend oder dem Sinn dafür, den er behalten hatte,
würgte er die Maschine ab. Da hinten lag das Gelände,
von allen guten Russen verlassen, er nahm den Franzosen aus der Tasche und versah sich mit dem Signalhorn.
Dahinten: zugewucherte Wege, er lugte nach rechts und
links nach seiner Truppe. Hier und da eine Gestalt in
einer Lichtung, die es erwarten konnte. Flick arbeitete
sich ohne viel Wesens zum Unglücksort vor. Nun wurde
er ihrer ansichtig, und sein Puls ging rascher, wie er sie
auf ein paar Fässern und Brettern zusammengesunken
sah, andächtige, jedenfalls bedächtige Männer, und im
verdreckten Gebüsch ningrige Weiber. *Sperrgebiet:* der
Arbeitsplatz, BETRETEN VERBOTEN, sie hielten sich
daran. Er grüßte rauh in die Runde und musterte das
Gelichter, das er für Arbeiter nahm. Herren in Jogging-

sachen und Damen in Wickelkleidern. Eine Komplex-
brigade (eine Brigade voller Komplexe). Wortlos, als
hätte er das Sagen, traten die Leute an: eine Handbewe-
gung, und sie hoben den Hintern. Sei es, daß sie lange
kein sicheres Wort vernommen, oder daß sie schon
nichts mehr abschlagen konnten, sie folgten dem Kommando. Ohne daß er sich, als mit blanken Blicken, auswies, wurde die Autorität erkannt, zumal von den
Frauen, die sich in die bunte Reihe mischten.

Augen geradeaus: Öllachen, Abfallgruben. Die Hinter-
lassenschaft einer Armee; sie waren also die Nachhut,
die das Nachsehen hatte. Sie durften, durch Farn und
Lattich schlurfend, den Teppich säubern. Die vielen
Arme die Zinken des Kamms, weil sie ihrer achte oder
elfe marschierten; das Gerümpel flog von Hand zu
Hand zur Seite auf den Kastenwagen. Unwillige und un-
beugsame Naturen mußten sich dem Patent unterwer-
fen. Wenn schwere rostige Teile Widerstand leisteten,
waren sogleich genügend Angreifer vorhanden. Nach
fünfzehn Minuten hieß Flick das Korps halten, aussche-
ren und eine Kehrtwende machen, und es ging in die
Gegenrichtung. Ein Gehorsam in den Kadavern; der
indes zum Lachen reizte, wodurch, im vorgebognen
Leib, die Willenskraft erlahmte und alles in Laufschritt
verfiel. Und als würde man wunder was tun, eroberte
man hundert Meter! Dann lag ein großes Wrack im Weg,
an dem man verzweifelte, und jetzt trat Flick auf den
Plan. Er schob den Helm in die Stirn und schlich furchtlos heran: die Meute verstummte. Er ließ ein Stahlseil

aus dem Schrottberg ziehen, befestigte es fachmännisch an der Haubitze und führte es um eine mächtige Eiche herum, damit der Kleintransporter, der im Querweg startete, sie in die Schneise schleppte. Zweimal riß oder löste sich die Verkablung, bis der Fahrer schnallte, ruhig anzuziehn und stur nach rechts, die Last hingegen gradaus aus dem Busche fuhr. Applaus belohnte den Erfinder; und etwas wie Freude an der Verzweiflung kam auf, indem man sich der *Initiative* entsann, die nun eigentümlich ins Grüne griff. In die kleinen Schluchten und Gräben stürzten Freiwillige, und junge Frauen schwärmten in den Unflat, und baumlange Burschen stocherten, überdies mit Stangen, den Schruz aus den Baumwipfeln.

Am Mittag, sobald der Wagen beladen war, setzte sich die Masse zur Ruhe. Flick blieb auf dem rostigen Anstand und drehte ein paar Muttern und Federringe von den Gewinden. Eine der Frauen, in eine geplatzte Matratze gelümmelt, hatte die weißen Knie aufgestellt, so daß er, unvermeidlich, wie über Kimme und Korn auf die Wildbahn blickte. Was er nun sah, war der helle glänzende Wald, durch den sie gegangen waren. Wanderwege! sie müßten nur das Gestrüppe öffnen. Das war nicht die Reparatur, an die gedacht worden war, aber wie sie bewerkstelligen? Andererseits, er mußte seine Zeit verbringen, und Untätigkeit war ihm verhaßt. Der Haufen war instandgesetzt, aber würde nun auseinanderfallen, wenn man die Schrauben nicht noch einmal anzog. Die Frau, die schläfrig blinzelte, schloß die Weitwinkelknie und stemmte sich auf die Ellbogen, denn es gingen mehr Blicke hin und her. KARIN stand auf ihrem Shirt, der Ansprechbarkeit wegen. Man wollte wohl zum geselligen Teil übergehn, der alten Mißwirtschaft. Keiner, der ihnen die Hammelbeine langzog. Flick störte sie mit dem Signalhorn, und die Herde sprang auf und stierte zu dem Blödian, der, als kündigte er ein Unheil an, die Hand hob und sie mit ernster Miene in das Dickicht wies. Dort sammelte man sich, aneinandergedrückt/auseinanderstrebend, zugegebnermaßen rankte noch Stacheldraht am Boden. Man war nicht fertig mit der Natur; uneinsichtig, unzugänglich alles/alle; keiner drang durch. Ein Naturzusammenhang, den der Mensch zerreißen mußte. – Flick hieb mit einem Vierkantholz auf die Sträucher. (Das wäre, dachte er, was für den Jungen gewesen: das wär was für Ludwig und seine zwei linken Hände.) Die ersten ahmten ihn täppisch nach, rohe, atavistische Tätigkeit, waldursprünglich, ein Hordenleben. Dies führte, bei der höherentwickelten Spezies, zu Diskussionen. »Die Rolle der Arbeit bei der Menschwerdung des Affen« etc. (: ein früh berenteter Ökonom aus Karlshorst) und, subversive Replik, »Wiederholung der alten ökonomischen Scheiße«. Rückwärtsgewandte Debatten; der Vorarbeiter aber hatte längst den Durchblick. Auf kleine Wiesen zumal, Sonnenhänge, Paradiese boten sich dar, Rastplätze für Urlaubervölker. Sein kühler Eifer steckte an und unterhielt die Frauen, die sich, an seinen Fantasien, nicht sattsehn konnten. Die ansprechbare Karin wich nicht von seiner Seite, von den Seitenwegen, und erkundete, mit den bewußten Knien, jedes Moos. Ihr natürliches Wesen bewirkte auch bei den Männern den Umschwung. Sie kamen aus der Deckung und widmeten sich der Praxis und der (Beschäftigungs)theorie. Sie fanden eine verborgene Butze, feiner weißer Sand, in den sie sich warfen und wühlten. Mit bloßen Händen planierten sie das Wüstchen und gruben wieder Kuhlen hinein. Die Frauen gerieten, als Flick hinzukam, *ganz außer sich* oder standen versonnen, und Karin stand *auf allen vieren*, offenbar neue Aufgaben-Stellungen erwartend.

Aber das sah Flick nicht, denn hier endete im Ernst sein Einsatz, er hatte das Seine getan. – Die mächtige Eiche markiert bis heute den Schauplatz, damals nur als verlängerter Arm der Technik betrachtet, nun in ihrer natürlichen Macht. Schweres Astwerk, ausladendes Blätterdach für besondere Versammlungen. Eine Schönheit, wie sie Carus auf Rügen nicht besser entdecken konnte. Man hat nur im Vordergrund den Sperrmüll abzuräumen und den Hintergrund (Gewerbegebiet) dem Privatinteresse zu entziehn. Der Himmel, kommune Wolken, wölbt sich von selbst über das nackte Dasein.

Viertes Kapitel
das wieder brav beginnt und als Massaker endet

Nämlich beim nächsten Bittgang wartete Flick geduldig. Aber Frau Windisch zog sein Los und hielt es glücklich in Händen. Er wurde, nachdem er im Wald gedient, einer Firma von Baumpflegern aufgepfropft. Es war wohl sein arbeitsschutzmäßiger Aufzug, der ihn dem Ordnungsamt empfahl. (Der rote Helm, die Karabinerhaken, die Windisch streckte den Daumen nach oben.) Sie sollten in Senftenberg die alten Platanen ausästen. Er war mehr Maschinen als naturverbunden, aber es kamen Motorsägen zum Einsatz. Auch fuhr eine Hebebühne die Kollegen vor. Die dürren, toten Äste waren von mechanischem Interesse, Spiel- und Schlagwerk des Sturms, der regelmäßig vorbeikam.

Die Gelernten grüßten die Hilfskraft herablassend: vom Plateau, er hielt die Nase hoch, um mitzuspielen. Seine Bühne die Straße, die er zu sichern hatte. Dieser Um- und Herumstand hätte manchen befriedigt; ein ruhiger Tag; Passanten, Greise, Frauen mit Kinderwägen gängeln. Er wurde benötigt, Havarien auszuschließen (statt sie zu beheben), was sein Berufsbild beschnitt. Er sah sich sozusagen zurechtgestutzt; das war ein Unglück, bei dem er nur selber zupacken konnte. – Der Anlaß ergab sich. Denn das war die Besetzung: ein langsamer Junger, der das Sagen hatte, und ein junger Langsamer, der die Säge hatte. Indem nun dieser junge Spund so ungeschickt fuhrwerkte, daß er sich in der Krone verfuhr, saß er zwischen drei Zweigeln fest, und sosehr er den Skylift renkte und schwenkte, er riß nur das Blattwerk herab. Blindlings, wie er wirtschaftete, war er auch taub, für den Zuruf des Zwillings, der grinsend verstummte. Die zwei Schauspieler konnte man nicht agieren lassen. Flick trat auf, d.h. stieg ruhig die Leiter hinauf und nahm dem Tölpel die Säge vom Ast. Er sah den Schaden in dem Getriebe (dem Baum) und schnitt, dicht unter der Oberleitung, eine Spur in den Stau. Und einmal am Drücker, manövrierte er das Gerät genau an den Vorschnitt. Unversehens kam der alte Elan auf. Der *Werktätige* brach durch, zwischen den Lahmärschen. Eine Hausfrau, zuschaund, ließ ihn wissen, daß sie den Einschnitt verlangt habe im dunklen Parterre wohnend bei dem unverschämten Wachstum. Sie sollten nur loslegen. Und wie um sie, um sich entsetzt zu erinnern, was Arbeit gewesen war, fuhr er eine kleine Schicht. O höchstes Gut (funkte die Zentrale), Sache der Ehre, Ruhmesblatt. Das hörten diese Jungen, denen die Begrifflichkeit fehlte, und reizte sie aufs Blut. Er wollte nur zeigen, was eine Harke ist; da es aber eine Säge war, war es ihr Ding. Also sägten sie los, daß die Fetzen flogen morsch oder grün, wie es vor die Kette kam.

Flick staunte über die Bewegung, die er ins Leben gerufen hatte, und sah von der technischen Seite zu, auf der es in Ordnung ging. Alles war vergänglich, würde verdorren, dorrte schon, wurde vorsorglich entsorgt. Das war nun komisch, daß sie gerade jetzt die Arbeit erfanden; als es ein Recht auf sie gab, hatten sie sich

nicht drum gerissen. Und es waren, aus Menschenman-
gel, Häftlinge eingesetzt worden, die sich bewähren
durften wie die Teufel (Normerfüllung reduzierte die
Hafttage), und Verf. war dem Vandalismus vor seinem
Fenster mehrmals entgegengetreten mit einer Schnaps-
flasche. Heute die Freigesetzten haben eine andere Ein-
stellung, ihre Motivation: die Kläche verewigen. Aus diesem großen Kasten war Flick nicht genommen, sondern
vom alten Schrott und Korn. Nimm ein Ei mehr, die
Masse machts, das waren die Leitartikel gewesen. Um
den Ruhm und Rausch zu schmecken, und einen Sub-
botnik zu simulieren und sich in der Straße der Besten zu
hängen! – Man hätte das Luder mitnehmen sollen, damit
es aus der Knete kam. Die Würde der Arbeit / und die
der Natur traten in Wettbewerb, was diese in Jahreszei-
ten gewann, verlor sie im Tagwerk. Es war ein alter wü-
tender Widerspruch … der die Welt zersägt. Flick stand
Schmiere bei der Komödie; wie angewurzelt, wie die
Bäume gleichfalls, die vermindert wurden auf den kahlen Stamm. Es galt Menschenmaß.
Nun war an die übrigen Zuschauer zu denken (die An-
wohner), die eine eigene Ansicht hatten. (Stammpubli-
kum! es hatte andre Verwüstungen erlebt.) Jetzt hatten
sie hier Seeblick. – Den See gab es, seit das Umland
devastiert, abgebaggert und geflutet worden war. Herr-
schaftlicher Aufwand für die Plattenbauten der AWG.
Die Herrschaften lunsten jetzt aus den undichten Fen-
stern und liefen auf den Damm, um das Massaker zu
sehn. Einer der Spunde konnte sich nicht entblöden,

(von oben herab) zu erklären: Alles für eine Mark, und diese Logik des Unfugs leuchtete furchtbar ein. Und nun rechnete alles nach und mit den Tätern ab, die nicht so billig davonkommen sollten. Es hagelte Gerade und Ungerade, welch letztere nicht trafen, während Flick sich der erstern erwehrte auf der Hebebühne. Die Hausfrau oder Arbeitslose, die auf ihrem tiefen Balkon stand und sich der hellen Aussicht freute, warf ihm einen bewundernden Blick zu, den er nicht auffing. Immerhin war wie sein Helm auch sein Gesicht signalrot angelaufen bis hinunter zum Hals, der Gefahr wegen bei der ungelenken Debatte. Was hatten sie gekonnt/verkantet? Was war vollbracht/verbrochen? Es zeigte sich, daß die Meinungen, wie über alles *Gewesene*, auseinandergingen; bei welcher dunklen Materie man nicht einig wird, ob man mehr verloren oder gewonnen hat ... Feststeht, als hier einst das Junkertum stumpfo stieloque ausgerottet wurde, haben die Baumalleen schattig überlebt, heute machen sich auf den gestylten Verkehrswegen die Untertanen davon.

Fünftes Kapitel

in dem das vorige ein Nachspiel hat
und Flick aus Lauchhammer das Amt aufmischt

Aber zunächst war wieder Warten angesagt, und wenn
Flick auch mit einem lauten Pfiff in das Amt trat und mit
Schritten, die ihn schier selbst überholten, durch die
Flure zog, mußte er eine Nummer nehmen, die nicht an
der Reihe war. Er ging aber an der Reihe vorbei und legte
den roten Kopf (oder Helm) an die Tür, an der *Windisch*
warb, lauschte (in sich hinein), und seine Zentrale sagte
ihm: zieh den Tetz ein und verfüge dich, bis zur Vorlas-
sung, auf deinen Logenplatz. Er konnte annehmen, daß
man auf ihn wartete, oder etwas auf ihn wartete (nach
der Sonderschicht), was einiger Vorbereitung bedurfte. – Er sah ironisch umher; ein Mensch, der gefragt
war oder gefragt werden würde und die Worte fand.
Neben ihm, vor ihm die unauffälligen Fälle, die unbera-
ten waren und für umsonst hier saßen. Das war keine
gute Gesellschaft, sondern eine niedergedrückte und
unaufrichtige, welche scheinheilig in die Kirche kam und
gar nicht an Arbeit glaubte. Man wollte vertröstet werden
und den Segen der Versorgung einfahren. Flick kannte
seine Pappenheimer, Dachpappenheimer, Schwarzarbei-
ter und Fliesenleger, die auf eigne Faust selig wurden.
Er roch den Beschiß; aber die Ehrlichen, die auch nicht
faul waren, übten sich, um etwas zu tun, in Geduld. Die
Fach- und Sacharbeiter, die nur zu gebrauchen waren,
wenn der Laden lief. Armes Deutschland, dachte er und

warf einen schweren Franzosen auf die Fliesen, daß es krachte. Da hatte er, als er ihn sorgfältig aufhob und seine Funktionsfähigkeit prüfte, die Aufmerksamkeit der Gemeinde.

Dummer Hund, murmelte er. Ausgebildeter Dummkopf. Überqualifizierter Lump, laß dich nicht wegwerfen.

So sprach er gut aufgelegt zu dem Franzosen (und die Bevölkerung hörte es ein wenig weggetreten an).

Aktivisten und Nutznichtse (er sah in seine Tasche). Hab ich euch so lange geölt, daß ihr nun dasitzt wie die Götzen. Sitzenbleiber, Eckensteher, Ingenieur. Mach es dir bequem auf der Matte.

Und er schob das Werkzeug ins Futteral, aber es sprang wieder in seine Hand.

Immer langsam voran. (Es war der Ton, in dem er seine Ansagen machte.) Stell dich hinten an, *wo dein Platz, Genosse, ist.*

Mit wem spricht er? sonderbar, fragte eine Frau, die zwei Einkaufstüten auf den Knien festhielt. — Der redet mit sich selbst. — Unverständlich. — Natürlich. — Was gibts denn? rief ein Angestellter bzw. Anstehender weit hinten.

Erhebt euch, ihr Elenden, macht was (sprach Flick fröhlichruhig weiter). — Wer denn, wir? — Greift zu, rief er seinen Handlangern zu und stand vor einem entgleisten Zug mit zwanzig Kippwagen, aber es war wieder eine verschlossene Tür. Dauert das so lange. Auf gehts. Unser Feldzug hat ein Ende / erst am Stillen Ozean.

Partisanen vom Amur, bestätigte ein älterer Dienstgrad.

– Partisanenaktion! beschrieb ein anderer die alte Gangart. – Damit kommst du nicht mehr weit. – Hast du keine Axt dabei, frug eine junge Frau, an Flicks Tasche greifend. – Warte, warte nur ein Weilchen.

Es redeten nun alle durcheinander, ohne den Gegenstand wirklich zu fassen, aber daß sie allzu lange warteten, hatten sie begriffen. In dem Moment wurde der uns Nächste aufgerufen und überließ die Eskadron sich selbst. Flick also verschwand in Windischs Zimmer / erschien in dem Zimmer, und es kam zu besagtem Nachspiel, indem die Beamtin ihrem feinen Kunden entgegentrat. Ja, Frau Windisch stand auf, verschränkte die Arme vor der festen Brust und sagte nichts; sie sah den festen Kerl an und forschte sein Inneres aus, und sie sagte nichts; das Innere stand ihm ja im Gesicht geschrieben, so weit der Helm es sehen ließ, zumal er die Augen niederschlug auf den Tisch mit den Zettelchen; sie sagte nichts und schüttelte den Kopf und lächelte unwillkürlich; und er erwiderte nichts; und wie in einem kleinen Tanz ging es an den Tisch zurück, und sie stützte die Finger / er stützte die Daumen auf, und sie sagte: Ha!

Das war das ganze Spiel – was immer davon zu halten ist – und sie selber sich sagten. So war das Thema vom Tisch, und die Sache hatte sich. (Die Beraterin sagte sich: man muß ihn flugs wieder bedienen, damit sie nicht mit ihm durchgehn! Und an der kurzen Leine halten, dann hab ich ihn in der Nähe. – Flick sagte sich nichts.) Und sie fischte so einen kurzfristigen Auftrag aus ihrem Füllhorn, als sich draußen ein Lärm erhob. Rufe, Murren, Getrampel: die Wartenden in den heiligen Hallen. Die Windisch wollte an Flick vorbei – der blieb im Wege stehn – und die Tür ging von selber auf, und sie waren vom Mob umringt. Flick stand weiter ruhig da, als sei er die Quelle des Wirbels. Und während Frau Windisch nach Worten rang, verharrte er so und musterte ernst seine Leute.

Aber was soll denn (das waren die Worte, nach denen sie rang), was soll denn das (sie rang noch) einmal geben? Aus den Fluren Geheul; der Arbeitsamtsleiter hatte sich blicken lassen und sich *zivilisiertes* Verhalten erbeten. Diese Anspielung, auf ihr verwahrlostes Leben, goß Öl in den Aufruhr, und der besorgte Mann fragte in der Tür, ob hier ein Arbeitskampf angesagt sei, ein Streik (der *Nichtarbeiter*, sagte er zynisch), der ein ganz neues Phänomen des Klassenkampfs wäre. Er hatte aber mit der Theorie danebengegriffen, denn dazu waren sie noch nicht umgeschult, sondern lediglich durch ein paar ungebrauchte Werkzeuge aufgebracht! Und wirklich hielt Flick, wie ein Kruzifix, jetzt eine Flachzange hoch, daß sie von ihm wichen. Die Beamten glaubten, einen Besessenen vor sich zu haben (und so sehr irrten sie nicht), aber wurden gewahr, wie Ruhe eintrat, nein, die Eingetretenen ruhig wurden und Flick sie gleichsam ordnete, und in die Tasche steckte. Sie schlichen hinaus wie mit der Zange gezogen. (Die Frau mit den Einkaufstüten stieß ihn derb an, die Partisanen grinsten bitter, Windisch: Ha! ha!) Einen Lidschlag lang konnte, wer wollte,

den Auflauf vor Schichtbeginn sehn, der sich rasch hin-
goß und verlief im großen, im süßen sinnvollen Tag.

Sechstes Kapitel
vom Mann aus der Menge oder: Der Arbeitsraub

Nach seinem Auftritt im Amt war Flick aus Lauchhammer nicht so bald wieder einbestellt worden. Mancher
sprach ihn an, er solle nun ruhen und es lassen und sich
um seine Nachkommen kümmern. Es war in seinem Leben um *Vorkommen* gegangen (als wie man die Schätze
nennt), um das Folgende wurde sich kein Kopf gemacht. Man hatte Fehler entschuldigt: »das kann vorkommen«; jetzt war man mit Nachfolgelandschaften
konfrontiert. – Wie er nun einmal durch das Nest Schip-
kau ging, hatte er den Knaben bei sich, den keine Firma zum Lehrling nehmen wollte, aber Flick führte das
Luder doch vor bzw. zog es hinter sich her. Indem sahen
sie einen Trupp von Straßenarbeitern, die eine Fuffzehn
machten und ihren Döner verzehrten, und der Alte lief
dicht an dem halb aufgerissenen Pflaster vorbei, damit
der Junge Arbeitsluft schnupperte. Da sieh, sagte er:
das sind tüchtige Leute.
Als sie aber nach nochmals fünfzehn Minuten den Weg
zurückkamen, saßen dieselben noch immer herum an
ihre Schaufeln gelehnt, und Flick konnte nicht sehn, wo
das Problem lag. Eine *Stillstandszeit*, und keiner zeigte

die Absicht, sie zu verkürzen. Er trat unter sie, um den Schaden zu beheben (wie ers gewohnt war), aber sie achteten nicht weiter auf den Passanten.

Sind wir eingeschlafen? fragte Flick freundlich. Was stimmt denn nicht?

Die Straßenarbeiter verstanden nicht und guckten durch den Angeber durch.

Los, in die Hände gespuckt, wies er an und merkte, daß seine Zunge trocken wurde. Glutheißer Tag. Ein stämmiger Freak lag an einen Kieshaufen gebettet, der Oberkörper bis unter den Nabel braungebrannt, und sonnte sich noch und observierte den Himmel.

Wo sind denn die Arbeiter? sagte Flick laut zu Ludwig hin.

Da sind sie ja!

Nee, ich seh ja nichts. Siehst du hier Arbeiter? Das sind Pausenclowns.

Der Junge mußte lachen, linste aber ängstlich zu den nicht geheuren gutmütigen Gestalten, die angesprochen waren und sich nicht stören ließen.

Komm, Luten – knurrte der Großvater und wollte das Ziehkind weiterziehen, um es nicht dem schlechten Beispiel auszusetzen, als einer der Hockenden, indem er ein Bein vor ihn hinsteckte, um Feuer bat. Das Bein wiederum steckte in einem Straßenschuh mit goldener Schnalle, die Hose Flanell, das Hemd weiß ohne Schweißflekken, das Haupt vom Filzhut verborgen. Flick überging Bein und Bitte, wandte sich aber wider Willen um in die Idylle und registrierte scharf, ogott, im Drecke, den

Preßlufthammer. Und wie in höchster Not, in letzter Minute über den Aushub setzend, an dem (wie jedesmal) ratlosen Haufen vorbei, war er vor Ort und sicherte sich das Gerät. Der Freak äugte ungläubig auf den Neuen, der sich ordentlich aufstellte, dort wo sie die Arbeit fallengelassen hatten. Und als der Generator ratterte und das Eisen zubiß, beschlossen auch die Übrigen die Siesta.

Faules Volk!

rief Flick, und einige Umstehende, die nicht über die Straße konnten, gaben ihm recht, als wenn sie zu einem andern gehörten. – Zum arbeitslosen, war zu vermuten, und der Tourist aus Lauchhammer schrie ihnen zu, sich eine Schaufel zu nehmen, wegzunehmen, anzueignen, was auch einige taten. Sie langten tatsächlich nach den herrenlosen, knechtlosen Stielen, und gleich hatte er eine kleine Brigade bereit, in der auch das Luder Aufnahme fand. Die Eigentlichen begriffen gar nicht, was sich zutrug, und wer Flick eigentlich war! Im ersten Moment schien Einverständnis zu siegen, daß ihnen jemand die Arbeit macht. Aber dann sahen ihre entzündeten Augen, wie drei Mann das Loch verfüllten, das sie geschaufelt hatten; eine beschaffte / eine Arbeitsbeschaffungsmaßnahme, wo man in die Vollen geht. Und sie gingen (die richtig Beschäftigten) leer aus und sahn sich ihrer Berufung beraubt. Sie erhoben sich drohend von ihren Polstern und wateten heran, und wenn sie der Sprache nicht, so waren sie doch mächtig. Doch Flick sagte mit seiner ruhigen (und lauten) Stimme an:

Laßt es sein. Euch brauch ich nicht. Macht euch vom
Bau,
und gab so zu verstehen, daß er sein Lebensrecht wahrnahm und sein Bedürfnis befriedigte. Ludwig, der dieser Lesart nicht folgte, begriff aber das Unglück, in das
sich der Großvater redete, und riß ihn, den Karabinerhaken hakelnd, am Riemen, um ihm die Gefahr zu zeigen.
Da war sie schon im Verzuge; der Bautrupp warf sich,
seinerseits wortlos, auf die Invasoren, die die Schippen
schuldigst fallen ließen, welche die Arbeiter auffingen,
um nach ihnen zu schlagen. Da Ludwig aus Vorsicht, für
seinen Alten, am Fleck blieb, erwischte es ihn voll mit
dem Blatte. Flick, die Lage peilen und den Stoßhammer
sauber verstauen war eins; er hatte es diesmal nicht mit
apathischen Leuten zu tun. Sie standen schon alle bereit,
um ohne Shakehands mit ihm mitzumachen. Sie langten
ihm also in die Fresse, und ein paar weitere Hände trafen
das Kinn und die Leber; der nicht mehr so Kräftige
konnte mit ihnen nicht mithalten. Er arbeitete sich zwar
in die Mitte durch, wo der Hagel dicht war, und regelte
einiges, stürzte aber über das Flanellbein aufs Pflaster.
Ludwig schlockerten die Knie; es war seine erste Lehre,
und er wurde gleich gescheucht. Sein Meister war am
Boden beschäftigt; sooft er, um Übersicht zu haben, den
Kopf hob, schlug ihn die Meute auf die kantigen Steine;
nun war der Schädel durch den roten Helm geschützt,
aber die Zähne bissen auf Granit. Blut schoß aus Nasen-
löchern und Mund –: so hart und anstrengend wurde
der Job, weil das Chaos herrschte und die linke Hand

nicht wußte, wohin die rechte traf. Da schob sich ein
Mehrzweckfahrzeug ERDPLAN an den Tatort, weshalb
die Handlanger wegsprangen, und nur Flick blieb reglos
unter dem Greifer. – Der Plan für die Erde bleibt zu
erörtern; der Fahrer sah nur einen Zweck und telepa-
thierte die Streife her. – Der Scheriff frug:
Wer wars?
und meinte die Übeltäter; und alle zeigten auf einen (der
selber übel zugerichtet war), und einen halben, der immer zur anderen Straßenseite zeigte. Das Luder war nämlich – durch welche gerechte Schule immer – abgerichtet, die Dinge vollständig aufzuzählen, und wenn von
der Mutter die Rede war auch den Vater zu nennen (weil
er einen hatte), sowie von einer Seite der Sache die andre
nicht zu verschweigen, also wenn es hieß: es regnet! zu
rufen: und dann scheint die Sonne. Die Qualität bewährte sich jetzt, als er auf die Flüchtigen wies:
Der auch! und der! und der!
die unbeteiligt herüberlugten. Das war seine Art, die
Wahrheit einzuklagen. Dies konnte aber das Verbrechen
nur größer machen, da er eine ganze Verbrecherbande
hinstellte (das Volk, wie gesagt). Der Wachtmeister lächelte dem entsprechend väterlich / mütterlich, ohne es
zu verfolgen auf seinem Spaziergang. Weil die Geschä-
digten sich auch nicht deutlich ausdrückten mit Worten
und Flick entgegnen konnte, daß es wohl bessere Kräfte
gäbe, versierte, und auch verriet, wo sie wohnten: in der
Region, und solche trügerischen Sachen, enthielt sich
der Polizist der Stimme; entsann sich aber, als Flick sich

zitierte: Rollen muß es!, des Experten, mit dem er vor
Zeiten den großen Bagger 1285 ES 3150 (Masse 4500 t)
über Land transportiert hatte vom Tagebau Jänschwalde nach Welzow-Süd, 2 Reichsbahnstrecken querend,
32 Hochspannungsleitungen, 11 Straßen, 16 Fließe, 250
Meter Konvoi.
Der Flick!
kolportierte er, und gab ihn / gab ihm von Amts wegen
frei. Ludwig brachte ihn fort, ohne zu denken, was für
Berühmtheit er am Haken hielt. – Der Straßentrupp und
der Trupp von der Straße standen sich noch gegenüber
diesseits und jenseits des Grabens, zwei Haufen, jeder
erschöpft vom Anblick des andern, vor der unausweich-
lichen Schlacht.

Siebtes Kapitel

unterbricht die Handlung, weil nun Flick behandelt werden
muß; indes auch hier findet er furchtbare Beschäftigung

Genaugenommen kamen sie nicht weit, bis zur nächsten
Ecke. Dort ließ Ludwig den angeschlagenen Alten, den
er nicht aufrechterhalten konnte, an eine Mülltonne sinken, die schon überquoll vom Abfall. Der Streifenwa-
gen, der vorausgefahren war, nahm sie auf, und mit dem
alten Begleitschutz ging es zur Klinik, die nicht weit entfernt im Revier lag. Allein, Flick wollte nicht zugeben,
daß er (auch) ein Notfall sei, und mußte erst, fiebernd

und zähneklappernd, in eine Scheibe blicken, die ihm entgegenschlug, um zu sehen, daß er lädiert war. Der Arzt machte bedenkliche Miene bei der kalten Durchsicht und zeigte ihm auf dem Röntgenbild die Schäden *(Frakturen, Torsionen)* an dem Gestelle.

Das kommt in Ordnung,

sagte Flick mit fester Stimme und ausgerenktem Kinn.

Er wurde in rüdem Ton aus dem Verkehr genommen, um, hieß es, instandgesetzt zu werden. – Aus den Einzelteilen, knurrte er: und bewies harten Witz, wie er bei Fachleuten üblich ist, aber es schien ihm entfallen, daß er selber es war, dem man am Zeuge flickte. So war nicht zu verhindern, daß er, als man die Schulter einrangierte, mit zugriff und die Prozedur – wie stets, wenn der Dilettant sich einmengt – *schiefging* und schmerzhaft wiederholt werden mußte. Er war es dann aber, der sich im Krankenbett fand, aussortiert und eingegipst, damit er seine Aggregate schonte. – Zwei Wochen verbrachte er so, pfleglich behandelt, er konnte nichts dazu tun und bes. Einsatz zeigen bei der Gesundung. Das Personal wusch ihn, rieb ihm den wunden Rücken ein und wechselte die Verbände. D. h. es machte seine Arbeit – und wie er erwarten durfte Tag und Nacht; die unerregt erledigt wurde, mit Ansehn der Person. Das rührte den Alten, und auch er sah seine Leute an, die Nachtschwester insonders, wenn sie sich über sein Lager beugte. Sie war eine füllige Junge, der weiße Kittel umspannte sie vorne feste und behalf sich hinten; das lange gelbe Haar hart um den Kopf gewunden, die Hände rot und knochig von der Tätigkeit. Das junge müde Leben, auf das er dankbar starrte (allein im Zimmer; der Krankenstand tendierte → 0: eine allg. Arbeitsschutzmaßnahme); und er hoffte, sein Siechtum könnte sie bei Arbeit halten. Sie schien geneigt (wie sie dastand), das Opfer anzunehmen, und hielt sich ein wenig länger bei dem Mann auf, der nicht zur Ruhe kommen wollte. Sondern ihre Hand nahm und sie in seiner verwahrte, die er unschlüssig hob … und langsam, achtsam, auf seinem Knie ablegte. Ein Montageplatz; das Material lag bereit … aber keiner da, der für den normalen Ablauf sorgte. Die Schwester (indem sie sich niedersetzte):

O bin ich kaputt.

Die Nachricht erreichte ihn, so schnell, daß ihn schauderte – kaputt – er zog die Ärmste zu sich, um den Unfall anzuschauen. Nachtschlafne Zeit, das war er gewohnt, er mußte nicht mal aus den Federn. Sie lag neben ihm ausgestreckt im Schotterbett, Augen geschlossen, er umfaßte das Stück; sie ließ sich nicht bewegen. Es ist der Weiber Weh und Ach / aus Einem Punkt zu reparieren. Er war an Ort und Stelle, aber nicht Manns genug, die Vorbereitungen anständig auszuführen. Und ehe er sich verständigen konnte, welches Werkzeug er nehmen und wo er es ansetzen sollte, war das Weib eingeschlafen. Er pfiff sich also zurück; man mußte den Plan ändern; er sicherte das Gelände und schlich vom Damm.

Wie er ans Ende des Flurs an eine Abstellkammer kam, sah er eine Sterbende dort liegen, die sich mühte, mit der Sache zurechtzukommen. Weil es das Letzte war, was sie vor sich hatte, so war sie schier ratlos und wußte nicht weiter. Der helle Schweiß stand ihr auf der Stirn. Sie hing auf einer Bahre und an vielen Schläuchen festgebunden, in denen jedoch kein Tropfen rann und kein Bläschen pulste; man hatte – sah der Techniker ein – die Apparate abgestellt. Hadesluft, er warf das Fensterchen auf, damit sie den Himmel noch einmal ahnte (wenn schon nicht beträte) – . Da nun kein Helfer hier war, kam Flick wie gerufen; und seltsam, so wie er ihr erschien, wurde die Greisin ganz ruhig und ernst, als erwarte sie seine Befehle.

Einen solchen Haufen Elend hatte er aber noch nicht kommandiert, der so klein war und aus einem verlorenen Menschen bestand. Er, Flick aus Lauchhammer, schleifte bei schweren Gängen seinen Enkel mit, auch wenn das Luder nicht den Ernst des Lebens begriff. Hier mußte er eine Seilschaft bilden, die bis ins Jenseits hinüberreichte, denn dort, fürchtete er fest, war keiner, der ihnen die Hand reicht. Es sei denn, man sähe es so, daß die Steinalten (die halb hinüber sind) den Jungen die Flosse geben; er hatte gespürt, wenn er Luten packte, oder der ihn, wie so ein göttlicher Funken zuckte. Es war nicht ganz vorbei, wenn ein Mann, mit einem ausgestreckten Finger, gegen eine Wange gesetzt, seine Seele verschickte und ein Wesen belebte. Das konnte im Tod geschehen, aber leichter vorher, wenn man bei Kräften war. Da konnte man einen Menschen erschaffen. – Das alles überschlich sein Herz, als er sich wieder der Sterbenden zuwandte:

So. Nun werden wir mal.

Er ermunterte sie also, noch einmal ans Werk zu gehn – *an die Arbeit* (sagte er, denn so begriff er alles), von der es genug gab und die für jeden aufgehoben war. Sie schien so bestärkt von seinen ruhigen sicheren Blicken, daß sie sich nun aufbäumte und die dürren Arme, mitsamt der Takelage, nach oben riß, um mit einem gräßlichen schnarrenden Stöhnen an seine Brust zu fallen. Ihre dunklen Augen klarten auf, wie wenn alle Wolken sich verzögen, und mit ihrer letzten Kraft, die nur spürte, wer sie fest hielt, umarmte sie ihn.

Jetzt sind wir entsorgt,

sagte er aufgeregt und nicht ganz politisch korrekt. Und so trug er sie gleichsam hinüber, und sie schaffte es, und machte ihr Ding und brachte es hinter sich. Flick fuhr die Mumie ans Fenster und schloß es abergläubisch. – *Zu welchem Ende Einer kommt, das entscheidet nicht der Dichter, sondern die jeweilige soziale Stufe der Nation.* Sie würde in eine lichte Abteilung der Unterwelt, (er dachte:) in eine volkseigne Hölle fahren. – Es war sein furchtsamster Einsatz seit seiner schweren Geburt; von dem er erschöpft und zufrieden zurück in sein Zimmer wich.

Achtes Kapitel

in welchem Flick wieder Fahrt aufnimmt
und im Hamburger Bahnhof zum Stehen kommt

Als nun Flick wieder zusammengesetzt war und die Klinik verlassen konnte, ging er wieder der Arbeit nach. Das will sagen: er suchte nach, nach wie vor, er lief und lief. Es war der bekannte Weg. – Wie er also in das geliebte Amt ging, nahm sich die Fallmanagerin … Er nahm mit beiden Pfoten sachte den Helm vom Kopf. Windisch sah den Kopf lange an, nicht schlüssig, ob sie erfreut oder besorgt sein sollte, weil sich die Gründe balgten. Sie entschied sich, das amtliche Mitgefühl zu zeigen. Er brauche nun wohl (so zeigte sies ihm) einen Schonplatz. – Es war ihr etwas eingefallen oder durchgesagt worden, was ein komisches Angebot schien, wenn man ihn (Flick) denn nehmen würde. Ob er sich vorstellen könne, sagte sie: in ein Museum zu gehn.

Gehör ich da hin? fragte Flick.

So war es nicht gemeint, und es bedurfte einiger Worte, das Mißverständnis umzuräumen und ihn zum *Hamburger Bahnhof* zu schicken.

An den besprochenen Ort gelangt, war in dem Bahnhof kein Zug zu sehn, in der Halle aber mußte ein großer Zusammenstoß stattgefunden haben, denn ein Haufen Blech, Plaste und Holz war ineinandergeschoben. Die Menge stand wie stets ratlos vor dem Desaster, und Flick selbst begriff nicht was hier vorlag und konnte keine Anweisung geben. Es fand sich viel Gerät und Werkzeug im Gerümpel, das funktionsfähig war, aber nicht, daß er Lust verspürte zuzupacken. Er hörte zwei kluge Scheißer von einem Mythos raunen, *The Creation Myth*, der eigens installiert worden sei. Doch die Schöpfung war ganz durcheinandergeraten und übereinandergestülpt, es mußten rohe Kräfte gewaltet haben. Ein Unfall großen Stils, er konnte ihn nur dilettantisch nennen. Er ging darum herum, um einen realen Zugang zu finden. Umsonst, bei der Hochstapelei. Gut, Hamburg war nicht Hamburg, und der Bahnhof kein Bahnhof: ein *Museum der Gegenwart*. Totes Zeug, die tote Arbeit auf den Punkt (oder den Haufen) gebracht.

Der Kustos, der den Mann mit dem Helm aufgriff, als ihm eben ein Aufseher mangelte, war von dem Bedürfnis nach *Realismus* beeindruckt und versprach sich was, ihn an einem besondren Objekt zu plazieren. Wie sie nun in den andern Saal kamen, lag dort ein Motorrad, verunglückt, und der Fahrer wie leblos am Boden: weshalb Flick daraufzulief; und obwohl er hellsah, daß es sich um einen täuschend echten Irrtum handeln mußte, war er in Bereitschaft versetzt. Die tote oder verletzte Person (weibl.) auf den Rücken geschleudert, die ausgebreiteten Arme (vorsätzlich) gebrochen, das linke gestückelte Bein über das Hinterrad drapiert, das rechte unter der Maschine verklemmt. Die Augen offen, Blut floß aus dem linken Mundwinkel, er hätte Terpentin zum Wischen verwenden müssen. Die rote Karrosse verrußt, ein Rücklicht hing herausgerissen am Kabel, das Nummernschild lag daneben und andere Blechteile.

Hier hatte Flick zu warten, und er wartete natürlich auf den Sanker. Ein Schild in der Nähe warnte: *Podest nicht betreten. Nicht Vater und Mutter schlagen. Nicht mit vollem Mund reden.* Es galten hier andere Vorschriften und Regeln. Der Wachmann, der vier Wochen Posten bezogen gehabt hatte, war mit den Nerven fertig in Urlaub gegangen. Jetzt war Flick hier zugange, d. h. durfte sich nicht vom Platz rühren. Dies mußte ihm nach einer langen Weile ein Endpunkt dünken, das Finish der Produktion, der *rasende Stillstand,* von dem die Philosophen sprachen. Den Verursacher, war zu lesen, hatte ein Gefühl der Verzweiflung beherrscht (der Realismus eigne sich am besten, den *Schrecken der Welt zu veranschaulichen*), und das Gefühl überkam ihn endlich auch. Aber Laie, der er war, wunderte ihn doch sehr, daß nicht erlaubt war, etwas daran zu ändern.

Flick: Ja, tut denn keiner was?

Die rasche Wirkung war nicht beabsichtigt, wie er erfahren mußte. Als er nämlich die Tote barg, indem er sie in den Achseln faßte und aus dem Schrott zog, und versuchte, sie künstlich zu beatmen (nachdem es künstlerisch nicht gelungen war), aber das Polyesterharz nicht nachgab und der Brustkorb splitterte, er das bunte Opfer an die kalkweiße Wand lehnte und begann, das verbogene Blech geradezubiegen usw., liefen die Wachmänner alarmiert herbei, die zu sichern hatten, daß der verzweifelte Zustand erhalten blieb, so wie er nun einmal gemacht war. Sie hielten den Tatmenschen fest, den sie für einen Attentäter halten mußten. Er besaß nicht einmal den Kleinen Schein eines Wachmanns, und griff, mit seinem geringen Salär, ihre Sicherheit an! Solche miesen Figuren durften nicht Mode werden. Sie verbogen ihm die Arme und drapierten (verklemmten) sein Bein, und so lag er, wie um den Irrtum komplett zu machen, und sein weggeflogener Helm am Boden, ununterscheidbar von jedem andern Objekt.

Der Kustos, der an ihm jetzt erst den Narren gefressen, empfahl ihm ein andres Museum, das die Vergangenheit aufbewahrt. Dort sah man Flick noch einen Tag; an einem andern Standort. Er war unvermutet, an Schlachten- und *Tafelbildern* vorüber, wo der Adel speiste, vor eine Fabrik geraten. Das *Eisenwalzwerk,* er stand gebannt, die Augen schirmend, an der düsteren feuerleuchtenden Halle. *In die Tiefe des Raums erstreckt sich ein roter Walzenstrang, aus dem Schienen geschmiedet werden. In der Mitte steht eine sorgfältig aufgebaute, stark bewegte Gruppe, die, Stangen und Zangen in den hocherhobenen Armen, die glühende Luppe in den Schlund reißt. Menzel hat sie mit Bedacht unter dem Schwungrad der Dampfmaschine plaziert; das Radsegment wird zur Pathosformel; diese ihre ganze Kraft und Geschicklichkeit einsetzenden Arbeiter scheinen in mythische Riesen, »moderne Cyclopen« verwandelt.* Rechts blickte ein bärtiger Mann aufmerksam in die Maschine, der ihm (Flick) ähnlich sah, auch wenn er einen Hut statt des Helms trug. Rechts unten im Finstern hockte er (Flick) wieder, aus dem Blechgeschirr löffelnd. Er wünschte sich das Luder her, damit der Nachwuchs sähe, was Präzision und Handwerk ist in der Schöpfung.

Kaum hatte er vom Esel getratscht, kam er gelatscht, denn er sah ihn vorn in der Ecke, den leeren Brotkorb schwenkend, und wie der Junge herausguckte, ging der Alte in das Bild ein, die große archaische utopische Komposition.

Neuntes Kapitel

genannt Theaterarbeit oder: Ein billiges Lehrstück

Andere mögen das Bisherige (»alles Gewesene«) für Legenden halten, und in der Sphäre der Abgerißnen verliert sich leicht die zuverlässige Ordnung und Spur, wie im Bahnhofsbereich die der Angereisten. Auch die folgende Maßnahme scheint *gut erfunden*, aber es gibt Zeugen, die sie verbürgen und aufbauschen, und Anwälte derselben, die die Freiheit der Kunst vertreten. – In der Hauptstadt plakatierte ein Theater eine besondere Vorstellung, dahingehend, daß 1-Euro-Jobber eine Stunde Arbeit fänden. Als Zuschauer wohl, ein mitleidiges Angebot; Flick, nicht so beschlagen auf den Pferdefüßen, las es zufrieden, man würde sehn, wo das Problem lag. Die Stunde wollte er sich nehmen. Er war zur angegebenen Zeit vor Ort, den ein Räuberrad markierte. (Es war die *Volksbühne*, die sich selber Arbeit beschaffte, indem sie alte Stücke zerhackte und wieder zusammenleimte, so daß diese neue Ecken und Kanten bekamen und andere harte und nasse Eigenschaften, die dem Volk gefielen.) Es hatten sich die üblichen Respekt- und Obdachlosen eingefunden, die sich hier nicht schämten, Fahne zu zeigen. Flick schritt gleich durch den Haufen; Eintritt umsonst, das Drinbleiben (hieß es) werde bezahlt, man sollte die Stunde versitzen, die Gage (1 Euro) empfangen und im Foyer gegen 1 Bier versetzen.

Als nun der Pöbel in dem großen Saal festsaß und der Dinge harrte, die zu überstehen waren, trat ein Mann in einer Kutte auf die Bühne, der sich vorstellte und die Vorstellung eröffnete. Denn weiter habe er nichts vor und vorzutragen. Sie könnten mit der Arbeit beginnen.

Wat denn, raunzte der Raum.

Mit dem Job. Dem Experiment. Gleichviel: es sei nun ihr Spiel.

(Mein Einsatz! dachte Flick.)

Es werde ihnen nämlich nichts vorgespielt werden. Sie würden, mithin, keine Zuschauer sein sondern die Akteure. Was also die Handlung wäre, die Fabel, fabulierte der trockene Mann, oder sonst passiere, hänge von ihnen ab. Er wolle ihnen nur einen Einlauf machen, für den Ablauf müßten sie selber sorgen. Sie sollten den Hintern heben und sich das verklickern lassen. So roh und medizinisch gehe es in dem *Lehrstück* zu, das sie hier aufführten. – Und damit stieg der Kuttner von der Bühne herab und setzte sich in die Reihen und wollte sich überraschen lassen. Aber die Zuschauer mimten selber die Überraschten und warteten ab.

Also geschah nichts.

Freilich nichts außer dem, was sie nuschelnd von sich gaben oder ablachten, und also durcheinanderredeten und verhandelten. Sie rutschten alsbald, der sitzenden Tätigkeit entwöhnt, auf ihren mageren Ärschen, und noch beschwerlicher fiel, sich mit den Augen festzuhalten an der wirren Handlung. Es war nicht vereinbart, ob man sie offenhalten mußte (die Augen) oder im Halbschlaf teilnehmen durfte. – So beliebig, mutmaßte Flick, war das Theater. – Zwar spazierten einige auf die Bretter, um eine Probe ihres … eine Probe zu geben, aber damit war nicht viel gekonnt. Sie fielen rasch über die Rampe zurück.

Das war auch nichts.

Im Rang verborgen meldete sich ein Mutiger: Ich wär noch gern ein tätig Mann, / Will aber ruhn: / Denn ich soll ja noch immer tun, / Was immer ungern ich getan. Das war kein Beitrag, indem er Verf.s Name (: *Goethe*) nicht nannte und keinen Beifall erregte. Dann waren es sechs oder acht, die auf dem Debattierteller saßen, ohne was von sich zu geben, sondern sie unterhielten sich damit, nichts darzustellen. Sie wurden abgelöst von ein paar Hiphoppern, die eine unterhaltsamere Einlage lieferten, und eine Dame von der Gewerkschaft pflanzte sich zwischen die Tanzenden und gab den vorderen Reihen, denn für die hinten langt es nicht, Ratschläge, wie man seine Rechte wahren und sich den Pflichten entziehen könne. Ein älterer Herr mit gepflegtem Äußeren behauptete hingegen: sie sollten sich, in diesem obszönen Spiel, nicht verhöhnen lassen, benutzen, *instrumen-*

talisieren sagte er, was heißen sollte: zum Werkzeug machen. Aber eben daran, sah Flick, schien es zu fehlen, am Instrument in dem Gewusel, einem großen Hebel.

Denn es geschah nichts.

Sondern es standen nun etliche hinten auf und schlichen hinaus, in dem tiefen Konflikt, daß sie nach dem Bier dürsteten, aber nicht nach der Kunst, weil sie von dem viel, aber die nicht ertrugen. Der Kuttner, der es bemerkte, unterbreitete den Vorschlag, die Zeit auf 55 Minuten zu verkürzen, da es ein Raucherrecht auf die *Lulle* gäbe. So war man geneigt auszuhalten; das war Anstrengung genug, bei der nur nichts herauskam, weil sie sich nicht produzierten; nichts Erhebendes (aber so war es im berliner Theater). Was für ein Defekt, dachte Flick, jetzt waren sie alle zusammen, es lag nur an ihnen: und *nichts.*

Was wollt ihr denn,

rief er mit seiner festen klaren Stimme, aber wer verstand denn die Anspielung, auf nichts. – Die Zeit lief, und Flick saß hellentgeistert unter den Fans. Welche Mittel mußten zum Einsatz kommen, um das Unglück aufzuhalten … in dem Bereich, in dem er nie tätig war; was verausgaben, als die Eingebung, an der es mangelte, denn das war die Kunst, die er nicht beherrschte. Eine große Sehnsucht erfaßte ihn, nach diesem mächtigen Instrument, das alle in Bewegung setzt, verwandelt, vereint! Oh, er dürstete danach, und je deutlicher er sein Manko merkte, desto mehr wuchs ihr Vermögen. Er ging auf die Bühne, um nach dem Mittel zu suchen, und querte sie ruhig, und Beifall kam auf – man hielt ihn in seiner Montur für einen Bühnenarbeiter; er sah in den dunklen Saal, und so wenig er sich die Wirkung erklärte, denn er hatte keine Miene verzogen, ahnte er, daß er für mehr, für die suchende Menschheit stand. Ihm war, als wäre die Schwerkraft jetzt erst in ihn gesunken, er fühlte die Luftsäule auf seinem Haupt. – Die andern aber, Rast- und Ruhmlosen, strömten befreit hinaus und faßten ihr Bier.

Zehntes Kapitel

das sich wieder ganz der Arbeit widmet, wiewohl sie
von Fremden entfremdet wird

Aufgebrochen liegt die Erde
Und wir sehn das Eingeweide
Und was tun wir ihr zuleide
Und was tun wir ihr zuleide.
Ah, der Erde Segen ist so groß
Und des Himmels Regen ist so reich:
Warum langt es für die einen bloß
Und die andern nicht zugleich.

Ein Hotel bestellte einmal eine *Kraft*, und Flick aus Lauchhammer wurde kurzerhand vermittelt. Nämlich für kurze Zeit, und es war ein Stundenhotel. Da nun Flick nach Schwarzheide kam, verstand er: daß es noch

Stunden bedurfte, bis es beziehbar war. Der Malermeister aus der Stadt hatte zu viel berechnet bei seinem Anschlag, mit den deutschen Stundenlöhnen. Das war die Tücke des Objekts, daß man es billiger haben wollte. Es waren aber viele Wände, die Leim und Farbe brauchten. Flick hatte den Enkel bei sich mit seinen linken Pfoten, und weil er noch nach rechten suchte, sprach er einige Frauen an, die um das Gebäude strichen.

Nimm die nicht, warnte der scheue Knabe.

Wenn Not am Mann ist, grinste der Alte.

Die jungen hübschen Dinger, die aufgeknöpft waren, konnten nicht zuhören, da sie Fremde waren. Freilich auch er kam ihnen befremdlich vor mit seinem Helm, seinen Orden und der roten zerknitterten Nelke. Es standen sich zwei Welten gegenüber, die ausgemustert resp. eingereist waren. Der Narr mußte erst den Pinsel bewegen, daß man Zutraun faßte, und mit der lippenroten Farbe, um ihnen vielleicht Lust zu machen. Er war wohl, mit seinem Elan, der Mann, den sie unter der Montur mochten. Auch Ludwig schlossen sie ins Herz, der die Farben rührte.

Ein geiles Rot, hörte der sie sagen.

Ja, und Blau und Gelb und Weiß, mischte er sich ein.

Und weil er so gerecht war, so wurden die Eimer verteilt. Den Hotelier wunderte der Zulauf; er kalkulierte aber (mit den Narren) und billigte das Treiben. Sie schminkten das Bordell.

Fordern und fördern, sagte er zynisch.

Frauenförderung, unterwies ihn der Landsmann.

Und Jugendliche, Behinderte, Alte,
ergänzte der Bengel, der Ansprüche stellte. – Nebenbei
gesagt, oder doch bis in die Tür, erschien ein Kerl, der
nicht in die Kategorien paßte und sich für den Deal
interessierte, der hier lief. – Es war abzusehen, sie würden das obskure Objekt zu einem Schmuckstück machen, den traurigen Schuppen zu einem freudigen Haus.
Denn Flick in seiner Begierde war bei der Sache und der
unreife Junge, der unter der Leiter stand und unter die
Kittel guckte. Die Hauptsache war, daß er was lernte. Er
wußte ja schon einiges, und als eins der Mädchen, das
seinen Blick spürte, sagte:
Du machst ja zwei Augen!
entgegnete er: Ja, und zwei Lippen und zwei Daumen,
ohne sich was zu denken, und da er die Leiter hielt und
sie fragte:
Du willst wohl Äpfel pflücken?
plauderte er fort: Und Birnen und Quitten und Pflaumen.
Der ruht nicht (dachte die Dirne), bis ers erreicht hat,
und sie wartete nur ab, bis Flick das Luder in den Keller
jagte, Farbe holen.
Jetzt mußt du sie erst verrühren und verführen,
nötigte sie ihn, und weil das vollständig war, konnte der
Spund nicht weiterreden und etwas erfinden, das eine
Ausrede gewesen wäre. Er schluckte und druckte eine
Weile, die sie nutzte, ihn einzuweihen und einzuspeien,
und das waren Weiterungen, die ihm allein nicht eingefallen wären. So ging er zum andernmal in die Lehre,

und wurde rangenommen. Sein Meister oben wußte nicht, wo der unten blieb.

War es auch nicht die berühmte Tat, nach der ihm der Sinn stand, machte Flick doch anständige Arbeit; die nur den Frauen nicht lag, die malten über den Strich und strichelten über die Rahmen. Eben das sah wohl der Kerl, der jetzt durch die Tür kam. Er pfiff durch die Zähne und fluchte in einer fremden polackischen Sprache, wie wenn er zuhause wäre.

Was zahlen die Stunde?

Flick: Das ist nicht der Rede wert.

Der Fremde starrte ihn an und rechnete nach: Nix wert?

Flick: Die *Arbeit* ... ist ein Wert (er redete), wenn du ihn schmeckst.

Der Fremde spuckte, als habe er sie gekostet.

Dawai, was kriegen? Was Lohn?

Eimer fielen, Pinsel verschwanden hintern Hintern, Wangen entfärbten sich, die ganze Innung stand wie in Leim getreten.

1 Euro ... rief Ludwig und vergaß alle Währungen. Er baute sich vor den Alten und fing den Schwinger, der ans Brustbein wischte und den Atem benahm.

1 Euro, du Schwein? feixte der Kerl, der Menschen rechnen konnte. Du deutscher Betrüger! und trat die Schminktöpfe um. Dann schiß er sein Volk zusammen, das mißbraucht wurde (: frische Ware ohne Papiere). Unzumutbare Dienste, sittenwidrige Löhne. Sie machten es zwar zum halben Preis, aber nicht für den zehnten (die

Cents). – Der Betreiber, der den Schlepper kannte, und nicht mit ihm gerechnet hatte, wollte aus dem Schußfeld, überlegte sichs aber; besser was in der Hand haben, Geld oder Leben; das stimmte zum Gedanken des Schleppers, welcher aber in der Farbe ausglitt (: Grün); und Flick, als er sich zu Luten beugte, hatte das Messer im Rücken. Er drehte sich langsam um und sah den Fremden bleich, doch fachgerecht das Eisen herausziehn, wie wenn er am Arbeiten wäre. Fremdarbeit; von der Schneide tropfte Blut und es wurde ihm schwarz vor Augen. Schwarzheide; Schwarzarbeit; er hatte den Geschmack auf der Zunge.

Elftes Kapitel

*enthält den verdrehten Traum, in dem sich
Flick aus Lauchhammer gegen die eingewanderten
Windräder wehrt*

Das helle, vorsorglich große Amt (kein Rohbau: dachte er ermüdend, alles fertig, perfekt und perfid). Oder war es ein Amtsgericht; es herrschte enormes Gedränge. Als wären sie alle zugleich, die ganze Bevölkerung, straffällig geworden. Das war auch der Fall, das Bedenkliche war nur, daß jeder seine Rechtfertigung mithatte, die er im Leben gebraucht hatte. Stiefel, Mützen und Wattejakken, Seile, Karren, Lampen, Nägel und Schläuche. Das stak zwischen den Knien und stapelte sich auf dem Fuß-

boden, troff, stank und rostete, so daß sie zwar die Köpfe einander zu, aber nicht die Körper bewegen konnten.
Seltsames Monument (grinste er): eine Menschenmasse
festgebacken, gedunsen in dem Müll, genauer gesagt:
der Gerätschaft eines Jahrhunderts und der Verpackung
eines Jahrzehnts. AUSGEDIENT war die höhnische Losung, eine Scheißhausparole, die durch die Reihen lief.
Aber kein Sinn darin, den Raum zu verlassen, man hatte
sich für Tage (und die Nacht) eingerichtet. »Man läuft
auf Touren, stottert, wird abgestellt und steht dann im
Flur.« Bis in den Schlaf, sah er, beschlich ihn die Scham,
die der rote Helm nicht verdeckte. Als die Engnis uner-
träglich wurde und er nach Luft rang (in den entfern-
teren Sektoren schwoll dumpfes Stöhnen), kam eine
Angestellte, einen Aktenstoß auf den vorgestreckten
Händen, und meldete: »In diesem Land wird zuviel gearbeitet.« Alles horchte mit wunder Seele. Sie hatte
auch Zahlen parat. Vollbeschäftigung 105 Prozent. (Das
Stöhnen rückwärts rülpsend: A-h!) 11 Prozent Arbeitslose, 16 Prozent Schwarzarbeit. Und, die Hände mit
einem Ruck auseinanderspreitend (: die Akten im freien
Fall): »Das Amt wird geschlossen.«
Flick wunderte sich über die Logik des Traums. Alles floß
zufrieden hinaus. Eine sommerliche Landschaft, schwere
süße Luft, winddurchwalkt. Er war mit dem Enkel unterwegs. Sie wandelten mit dem Feldweg mit. Ein Super-
wetter ist das! – Und ein Scheißwetter gibts (der Junge).
Die Furche war eingesunken und vom struppigen Rain
überlappt. Die Schuh- / die nackten Sohlen malmten den

trockenen Lehm. Dolden, Rispen (und stachlige Ran-
ken) streiften die Hosenbeine, Strauchwerk zwängte das
Blickfeld. Kein Vogellaut. Das Licht ganz vorne legte
lange Schatten, zweie, die hinter ihnen liefen. Ein Korn-
schlag strömte auf den welligen Hang, der Himmel lag
dunstig drüber. Was für Mühe im Boden steckt. – Und
Lust und Liebe, stichelte der Junge. Wo er recht hat, hat
er recht, gab er sich zu. Und Unrecht bleibt Unrecht,
sträubte sich jener. Sie stemmten sich gegen den fuchti-
gen Wind, die Birken und Pappeln rauschten. Und noch
etwas … rauschte (behauptete der Junge), ein scharfes,
sirrendes Sausen. – Ein Ohrensausen. – Ein Dröhnen.
Ein Brüllen! ängstigte sich der. Flick, der nicht mehr
gut hörte, andrerseits nichts Übersinnliches zuließ, sagte: Die Erde dröhnt, und pocht. – Und spuckt und
kocht. – (Flick griff ihm hinter die Löffel:) Sie pocht, die
Arbeit geht weiter. Du hörst, sie hört nicht auf! Er kniete
sich ins Gras und schlug mit dem Helm auf die Narbe,
um in den Berg zu lauschen; währenddessen räderte ein
Schatten über ihn weg. Er blickte erschrocken auf und
sah fünf oder acht große Gestalten auf der Anhöhe halten. Sie winkten oder warfen die Arme. Was ist? fragte
Luten. – Da kommen welche! rief Flick. Der Junge sah
gegen das Licht die Windräder, die auf dem gubener
Landrücken standen, wo viel Wind ging. Die Fremden!
die arbeiten wollen, flüsterte Flick. – Windräder, erwiderte Luten. – Windflüchter, windige Flüchtlinge! fluchte der Alte, und das Geräusch, mit dem sie rotierten,
krachte in seinen Schädel. Nein, das sind die Flügel, die,

wenn sie sich drehen, Strom erzeugen, lachte Luten, aber eben denen neidete Flick die Bewegung. Er stellte sich wütend aufs Maisfeld und schleuderte seine, aber fühlte, wie sie ihm den Wind aus den Armen nahmen. Sie waren nämlich so zahlreich und riesenhaft und, wie er fachmännisch sah, fest verankert im Untergrund, daß man unmöglich gegen sie ankam! Billiglöhner, Ausländer (nannte er die Landplage), aber die rauschte jetzt so gewaltig, daß man die Gemeinheit nicht hörte und Ludwig, der den Traum nicht träumte, nicht begriff, was darin vorging. Jetzt rückte Flick, mit seiner Kolonne, von der andern Seite auf das Plateau, halb verborgen vom Kräutsch, das sie niedertraten, und umzingelten die Windflegel, Nebelmühlen oder Skyspargel, die monströsen Fidschis also, um sie zu klatschen. Der Experte sah mit einem Blick, wo man die Brechstange ansetzen mußte. Nicht, mach es nicht, schrie Luten. – An die Arbeit! antwortete Flick. Und obwohl ihm der Junge zusetzte, daß es alternative Energiegewinnung sei, gab der Mann das altertümliche Kommando. Das erste Monster fiel der Länge nach in den schäumenden Mais, die Flügel splitterten, das zweite knickte im Fall; ein knisterndes Bersten, als wenn ein Vorhang der Verblendung risse, dann lag das ganze Spargelfeld wie hingemäht oder ausgestochen. Eine Region der Ruhe, in der wieder die Vögel nisteten. Nur einen Fuß hatte sich Flick (weil er schlecht gelegen hatte) eingeklemmt, und die Kolonne hatte viel Arbeit, ihn auszuschaufeln und aufzustellen; auch auf Zehenspitzen konnte er nicht über die aufgeschossene Palisade schielen, ob neue Armeen im Anzug waren. Im Mannschaftszelt ruhten noch zweie im Hungerstreik, zwei Vogelliebhaber (die sich mit Vogelmilch nährten), sie wurden jetzt losgekettet und mit Griesbrei gefüttert, um sich als Sieger feiern zu lassen. (Vogelzüge, Zugvögel. *Da die Gegend vogellos ist,* hatte Brecht geschrieben und nicht gewußt, daß die Fremdarbeiter, italienische Kriegsgefangne, Fallen gestellt und das Flugzeug gefressen hatten.) – Der Traum endete dort, wo er immer … wo Flick eingenickt war, unter den sattsam Bekannten, Eingeseßnen, Aussätzigen, die er, aufwachend, haßte.

Zwölftes Kapitel
von den Abenteuern in der Wüste Welzow sowie der Erscheinung der Großen Weichenstellerin

So munter Flick geträumt hatte, er war also wieder wach und ins rohe Dasein gerufen. Der Ruf erging nicht an ihn allein und ihn besonders, sondern ins niederlausitzer Land und war (wie wir es hinterlassen haben) ein Ruf in die Wüste. – Das war ja sein angestammter Ort, wo der unterste Boden zuoberst lag, zerklüftet und verstürzt und nicht anders als *Mondlandschaft* bezeichnet. Nachtwandlerische Gegend, und Flick konnte nicht leugnen, daß er, seit die großen Bagger zerlegt und gesprengt worden waren, Erscheinungen hatte und Stimmen hörte, die wir genau ins Arbeitsbuch schreiben.

Stimmen (in großer frischer Verzweiflung): In die Wüste!

Er hatte ja nicht Dreck in den Ohren, und der Sand bewegte sich Tag und Nacht durchs Bewußtsein, und was lag näher, als dort, wo sie die Wüste produziert hatten, eine Wüste zu modellieren. Wie sich Fürst Pückler einst brüstete, aus der kompletten Einöde, die sich meilenweit in alle Weltgegenden erstreckte, einen Garten zu machen, durfte man in die Gegenrichtung fortschreiten, da man schon so weit gekommen war. In der frisch und fröhlichen Verzweiflung (wie gesagt) beschloß man, *den Gedanken offensiv aufzugreifen*. Eine verflickste Bestimmung: die ihn sowohl als seinen Setzling traf.

Als die beiden am Rand einer ausgekohlten Grube streunten, war im Gelände eine Kolonne zu Gange, die Sprengungen vornahm, um den Boden zu verdichten. Merkwürdige, doch notwendige Tätigkeit, wenn man sie begriff; ein Werk für den jüngsten Tag, das exakt wie am ersten zu tun war. Der Haufen stapfte aber planlos über die Kippe, und ohne ein Signal zu geben, zündete man die Ladungen.

Sieh die Verbrecher, freute sich Flick.

Werktätige! sagte Luten cool,

und sah entzückt die Sandfontänen, die mit lautem Knall über den Boden liefen. Er lief hinzu, und der Dummkopf wußte nicht, woher denn auch, daß es sich um Arbeit handelte und nicht um Jux und Tollerei. Flick griff ein mit seinem Signalhorn, um ihn zu warnen, und nahm sich zugleich die fahrlässige Truppe vor, die der

Teufel ritt bzw. zusammengestellt hatte. Kaum war er unter sie getreten, um wie gewohnt das Kommando zu geben, rief eine andere Stimme (und schwenkte die Fahne):

Der Flick!

Flick: Zur Stelle.

Er bemerkte nun die nicht üble Person ... und an dem sanften Ton, dem übermütigen Blick, der wie ein junger Häher kreiste unter der Stirn ... erkannte er die altgewordne Weichenstellerin. Sie hielt jetzt hier noch (oder daran erkannte er sie) die erbarmungswürdige Fahne, die sie wie durch ein Wunder in der Hand behalten hatte.

Erkennst du mich? fragte sie zur Sicherheit nach.

Elise, eh Lise, Liebste!

versicherte er sie (d. h. grölte er), denn so war ihm zumute bei der Erscheinung, aus der Zeit, da noch die Weichen gestellt worden waren, damit es rollte. Elise hatte ihn einmal nachts bestellt, 20 Grad Frost, die Weiche klemmte, und er war halb zwei herbeigeeilt, um das Gleis aufzutauen, und sie hatte mit heißem Herzen geholfen. Das fiel ihm jetzt ein, oder *erschien* ihm so; es war dem Wühler nicht aufgefallen. Kein entgleister Blick, kein unterschwelliges Wort verloren; die Havarie war behoben und sie wie verunglückt gewesen. Sie hatte auf die Gleisverwerfung gewartet, um ihn wiederzusehen, den Liegendwasserdurchbruch, den Schienenbruch, und endlich kein Salz mehr gestreut und die Gleise einfrieren lassen. Man hatte die vielen Defekte erörtert, derentwegen sie beim Dispatcher um Hilfe rief. Es war ein harter Winter gewesen, und sie wie durch die Lauge gezogen. Sie hätte ihn, sagte die *Stimme,* in ihre Weiche gelassen ... (sie sagte es nicht, sie verriet es). Sie hatte ganz andere Weichen stellen wollen auf der Strosse. Aber er war immer bei der Sache geblieben; Hauruckaktionen. – Ah! als er jetzt die Hand hob, und sie die Fahne senkte, und er ihr Kinn berührte, um das Unglück zu beräumen – kam ihnen aber ein andres dazwischen.

Halt!

rief es aus der Kolonne, und alles starrte zu dem Jungen hin, Luten, der durch die Taiga turnte, dicht an der Böschung entlang, die durch die Explosionen ins Rutschen kam. Sie sahn, wie der Kleine einsank, kürzer und kürzer wurde und hinabgesogen wurde.

Haltet das Luder,

schrie auch Flick, und sie liefen auf die Kante zu, um den Idioten auszugraben. Das war nun der Einsatz, der den Alten in Beschlag nahm, die liebe Mühe immer (dachte Elise schmerzlich), aber die Mühe der Liebe –

Flick, der ein Seil an seinem Karabinerhaken befestigte, an dem ihn der Hilfstrupp halten mußte, hangelte die Böschung hinab, bekam den Verschütteten, an der Hand, die sich gerade noch aus dem Abraum reichte, zu fassen und förderte ihn, wie sonst eine Klamotte, die den Betrieb aufhielt, aufs Planum. Der Kerl stand unter Schock, und behutsam, ohne weitere Sperenzchen, lud er ihn sich auf die Schulter. So entfernte er sich von dem Unglücksort, ohne sich umzusehen nach Elise (die fachmännisch die Fahne hob). Er sah jetzt, aufgestockt, mit den erschrockenen Augen des Enkels die Landschaft, die sich *meilenweit in alle Weltgegenden erstreckte.* Sie war ihm altvertraut; dem konnte er gar nicht erklären, was das für ein Revier war. Als die Briketts REKORD und die Fabriken TATKRAFT hießen und die Tage demnach Arbeit. Der sah nur das entsetzliche Loch, in dem sie verschwunden war. – In das stieg Flick hinab, von den Furien des Verschwindens getrieben. Er schlurfte durch den schwarzen, grauen, ockerfarbnen Schmant.

(: Mergel, Schluff, rief das Stimmchen von oben.)

Damit muß das Luder leben, sagte *seine* Stimme (den Tränen nahe), wie er sie nie hörte. Der Wüstensohn, dem würde ers zeigen. Die Schüttkegel, Dünen und Senken, in denen noch kein Anflug fußfaßte. Vielleicht eine Karawanserei; er konnte von ferne, mit dem doppelten Buckel, ein Kamel abgeben. – Drei Tage sollen die zwei gelaufen sein auf der untersten Sohle von Welzow, Großräschen und Koschen.

Und dann geschah es, als er alles nach Lachtern und Ruten durchmessen hatte, den ganzen verwüsteten Garten, daß er müde aber wach noch einmal eine Erscheinung hatte. Es trat ihm nämlich aus dem Nichts ein Koloß entgegen, der auf stählernen Füßen stand. Hoch über ihnen ragte, wie ins Unendliche, sein Ausleger übers lichterfelder Loch. Je näher sie kamen, desto lauter toste und tönte es in der Konstruktion, ein Schurren und Stampfen und Klirren und Krachen wie von hundert Geräten rauschte auf, und hunderte Lampen blinkten bunt an den Aufbauten, und Lichtstreifen leckten an den Flanken wie Wetterleuchten. Flick stieg (nachdem er verwundert Eintritt entrichtet hatte) mit dem Jungen erregt die Treppenroste hinauf in den Mannschaftsraum, in dem sich ein Volk von Schmierern und Bandwärtern drängte, und auf die illuminierte Förderbrücke hinaus. Es war (sah der Kenner) die berühmte F 60, die in Klettwitz-Nord nicht mehr zum Einsatz gekommen war. Jetzt schlug es wie mit Schlegeln und Becken los, Pfeifen und Zimbeln jubelten und der Typhon schrie! Ja, das war die Musik, die er mochte, der furchtbare Lärm; denn das war sein Traum, daß er weiterging! Er stieß in sein Signalhorn und zog Luten am Ohr, daß ihm kein Geräusch entginge. Und da *erschien* sie ihm wieder, auf der Fahrwerkstrosse, Elise, vom Blendlicht verklärt ... die er erkannte in ihrer wahren schrecklichen Kraft, die Große Arbeiterin in der Wüste. Eh Lise! (rief Flick), was liegt an?

Die Steine, du Stein,

lachte sie, und er verstand sie nur halb und packte den Kleinen und ging in die Spur. Der Findlinge also, Trophäen des Vorschnitts, die am Wanderweg lümmeln, Züglinge der Eiszeit nach Abermillionen Jahren, die wieder Millionen Jahre von der Arbeitszeit zeugen.

Zweites Buch

Dreizehntes Kapitel
*in dem Flick vor dem Nichts steht und eine Andacht
in der Waschkaue hält*

Es vergingen Tage und rollende Wochen. Und Flick
wurde nicht gerufen; kein Einsatz, kein Ausfall verlangte
nach seiner Person, als paßte jemand sein Name nicht. –
Er wußte natürlich, was für einen verruchten Namen
er trug und für welche finstere Firma er unversehns Reklame lief. Er war derwegen einst gehänselt worden
oder herablassend hochgenommen, jetzt mischte sich
wetterwendisch Respekt in den Gruß. Denn man erinnerte sich nun, daß FLICK im Mitteldeutschen Arbeit
schlechthin bedeutet hatte, die deutsche Wertarbeit (der
Fremdarbeiter einschließlich). Der Name mußte dem Ar-
beitsamt ein Dorn im Auge oder Stachel im Sitzfleisch
sein, indem er so synonym für sein Anliegen stand. Sogar die Windisch, wenn sie ihn wohlig oder übel aussprach, rutschte auf ihrem Stuhl. Aber die amtliche Regung schaffte keine Beschäftigung her. Da unser Flick
aber so fordernd auf der Matte stand und auch den
Enkel mitgebracht hatte, der den selben Namen führte,
blieb es nicht aus, daß sie auf die alte Geschichte kam.
Sie sagte nämlich genüßlich:
Der Herr Flick sucht hier Lohn und Brot.
Und Hohn und Not,

fuhr Luten fort.

Da lachte sie herzlich und frug den ungelernten Spund:

Weißt du denn, wem hier alles gehört hat?

Natürlich – (denn er glaubte, vom Volkseigentum sei die Rede), allen und keinem.

Nein, einem allein.

Dein, sang Flick, ist mein ganzes –

Erz, und Stahl, rief die Windisch wirsch.

Und Sand und Schlamm, maulte der Junge.

Ah ja, sagte sie, und weil sie die beiden so unternehmerlustig fand, kam sie nicht umhin, auch Salz und Kohle unter die Nase zu reiben:

Alles seins.

Gib es ihm, freute sich Flick.

Grube Ilse-Ost, Grube Viktoria Großräschen, Viktoria Senftenberg, Anna I, Anna II und Alwine, Eintracht Welzow Clara, Clara III, Werminghoff Knappenrode ... Riesa, Gröditz, Henningsdorf, Burghammer – Flick (jun.): Lauchhammer.

Das alles gehört dir, sagte sie gemein.

Es war nicht klar, was sie bezweckte, und ob sie derart Geschichte schrieb (in dem Vergeblichkeitston). Sie deutete ungefähr ins Land: und zwinkerte zudem dem Alten zu, um ihn abzufertigen mit der altbacknen Auskunft. Und die berühmten Leute gingen hinaus und standen, so belehnt und verladen, vorm Nichts.

Als Flick sich aber dort umsah – wie der Leser im Text – im Nichts, zu dem alles wird – im nichtigen Text – hatte sich das Luder in den Straßengraben gelegt. Überall boten sich Rasenbänke und Ruheräume in der Landschaft, wo man die Wipfel studieren konnte oder noch höher hinaus die Wolken, wo man nicht zufassen mußte. Kühe, die im Himmel fressen und auf Erden gemolken werden. Fallobst versorgt die Verfaulpelze. Lauchhammer selbst lag wie eine Handvoll entkernter Pflaumen da, nachdem man die Fabriken herausgenommen und nur die Kirche im Dorf gelassen hatte. Er lud das Ärschel auf und fuhr durch die Anwesen, Unwesen und Gestrüppe. An der Landstraße markierten Wartehäuschen bedeutende Orte: WERK 6, HAUPTWERKSTATT, KOKEREI, das waren Phantome, die für keine Wirklichkeit standen. Man konnte sie nun wie Bittschriften lesen. Doch stieß man von ungefähr auf Relikte, Restlöcher, scheintote Gleise und ganz erledigte Brachen (NEUE GRÜNE MITTE). Da ragten an einer Biegung mächtige runde Türme auf, aus gelben versinterten Klinkern hochgezogen, wie eine dunkle Kohorte von Riesen. Eine Ritterburg, befand Flick. Die Turmtropfkörper der biologischen Abwasserreinigungsanlage, wußte das Kind. Hinter dem Maschenzaun rotteten wuchtige Schwungräder und fallengelassene Eisenstangen. Modderboden erschwerte den Zugang und ein Schild am Tor: RETTUNGSSTRASSE LEBENSGEFAHR. Das war eine unwiderstehliche Losung; Flick zog den roten Helm ins Gesicht und faßte Ludwig am Arm. Aber der erfahrene Mann ließ sich nicht täuschen, die Festung war längst übergeben und also uneinnehmbar, wenn man nicht den Weg durch den Belebtschlamm und die Schlackensteine nehmen wollte.

Mittelalterlich,

brummte der Knabe, und Flick präzisierte:

Zwanzigstes Jahrhundert.

Luten sah verwundert die Großtat an, seines Großvaters, und der, den Dummkopf betrachtend, gedachte der *Eins-zu-Eins-Bewegung*, bei der tausende Facharbeiter tausende Bäckerburschen qualifiziert hatten. Freilich war es ein einsames Denkmal, Zeugnis der *2. Veredelungsstufe*, während die Vorgenannten verrotteten. So fuhr er denn fort und weiter herum, um den Lehrling einzuweisen in das Seine, Gewesene, und gelangte an die Brikettfabrik Knappenrode. Auch so ein epochales Gemäuer, das als Landmarke überlebte. Da nun Schichtwechsel sein mußte, traten sie in die Waschkaue; und richtig hingen die Arbeitssachen von der hohen Decke.

Flick: Da sind ja die Hunde!

Ludwig: Das sind Kleider. Lumpen.

Flick (lachte): Lumpenhunde.

Seine Augen leuchteten, als er die alten Kollegen sah, Hosen, Klüfte, Gummistiefel und weiß und gelbe Helme. Das hielt sich an den Ketten und Seilen und drehte und wendete sich gespenstisch um. Es fauchte nämlich ein Luftzug durchs Oberlicht, weil unten die Türe offen stand, so daß sich die Gestalten bewegten und ihm schien, als ob sie eben aufbrechen wollten.

Glück auf,

frozzelte sie Flick, und

Kommt runter,

setzte Luten ihnen zu und wartete belustigt ab. Wie sie nun aber zögerten, griff Flick in die Züge und fuhr die Bagasche, eins nach dem andern, herab. Luten, der nach draußen schielte (ob man die Lumpen denn brauchte), warnte ihn zwar, doch der Held ließ nicht locker, bis die ganze Belegschaft versammelt war. Das stand oder lag auf dem Estrich, ein großes graues Heer, das nichts zu verlieren hatte als seine Ketten ... und auch Luten legte er sie an. Er hatte nämlich den Anpfiff (der Windisch) nicht vergessen, sich um seinen Notfall zu kümmern. Er kleidete also den Neuen ein, Wettersachen für die Entwässerung, Karbidlampe, Arschleder, und dann instruierte er ihn, indem er leise sang:

Unrasiert und fern der Heimat

Fern der Heimat, unrasiert

– und der Lehrling, um sich zu fügen, murmelte die wahrhaft leichte Weise mit, der Alte kannte das Dutzend gleichlautender Strophen:

Unrasiert und fern der Heimat

Fern der Heimat, unrasiert

Unrasiert und fern der Heimat

Fern der Heimat, unrasiert.

So daß sie sehr feierlich die Schicht begannen und der Knappe das Gefühl hatte, zwar nicht zu arbeiten, aber zu beten oder zu fluchen, wie es den Verhältnissen entsprach.

Als sie lange genug gelungert hatten, scheuchte der Meister sie aus den Sielen, d. h. er zog sie wieder hoch, und auch Luten hievte er, dumm wie er dastand, mit aller Leibeskraft nach oben. Dem Jungen, der den Großvater nie bei der Arbeit gesehn hatte, wo er handgreiflich und entschlossen hantierte, wurde angst und bange, und er dachte, der sei um den Verstand gekommen, wo er doch nur handelte in der Not! Er wollte ihn was lehren ... und der Bengel wimmerte und winselte, und begriff nicht den Einsatz. – Als er oben hing, war der Fall nicht behoben. Ein Bild für die Götter, denen die Andacht gegolten hatte; aber kein Grund, die Pfoten zu falten, denn Luten hing, der Ohnmacht nahe, im Schnürboden und wagte nicht zu atmen. Der Meister ließ ihn dort schmoren, damit er begriff, was für ein Lump er war, ein nutzloses Luder. Weil er doch lebte und lebendig war und um sich schlagen konnte und bläken. Schrei! dachte der Alte, melde dich, wehre dich. Zeig daß du da bist, daß du was willst. Und er zog ihn noch höher, um ihn verhungern zu lassen. – So hörte mans in der Gegend.

Vierzehntes Kapitel

von einem Mundloch und einem Arschloch

Als er die Jugend so aufgezogen hatte, kam ihm in den sturen Sinn, daß er sie besser nach unten führen sollte. Auf den Boden der Tatsachen, die allein er gelten ließ in seinem rückgewandten Streben, auch wenn sie abgeschafft waren. Unter der Erdkruste aber gab es noch Stollen, Kanäle, die nicht zugeschüttet oder ersoffen waren; man konnte, wie in den Ruinen Karthagos, gedankenverloren in den Kellern wandern. Tatsächlich ragte, zu seiner Verwirrung, das Fördergerüst des Schachts I Nochten vor ihm hoch, das nach der großen Verwerfung herversetzt war. Er näherte sich der Hängebank, aber keine Seilfahrt führte hinab, als wäre die Erde verrammelt. Aber an anderer Stelle, mitten in dem Museum, tat sie sich auf, und ein Mundloch stand offen. Ludwig hatte es entdeckt oder vielmehr die hölzerne Rutsche, auf der man kindischerweise einfahren konnte.

Auf gehts, sagte Flick,

nach unten, rief Luten gerechterweise,

und der Alte (johlend) zuerst, dann der Junge tölpelten an die acht Meter seiger unter Tage, wo es nicht dunkel war, weil der Bewegungsmelder funktionierte, der sie dem Berg meldete. Sie mußten nicht weit fahren (fünf Schritte vielleicht), und waren vor Ort. Flick sah in den Verhau, der ordentlich ausgebaut war, die Stempel, die Stöße fußten fest im Streb, Kabel hingen am First, und das Gleis lief zwischen glitschigen Bohlen. *Füllort mit ansetzender Entwässerungsstrecke zur Zeit der Flutung* signalisierte ein Schild. Ein paar Leute standen mit eingezognen Köpfen da und hielten Maulaffen feil. Flick mit seinem Schutzhelm trat anders auf, nämlich auf die sog. Bühne (raunte er seinem Komparsen zu): wo das Haugut lag, das auf die Lore zu laden war. Keine Hand regte sich, und keine Zeit war zu verlieren! Einst hätte man den Lehrling zum *Alten Mann* geschickt, um den Fäkalienkübel zu holen, und der Alte Mann, hätte es dann geheißen, säße grade drauf und das konnte dauern (denn ein Alter Mann war ein erledigtes, bis zum First gefülltes Feld). Jetzt, da das Wasser angeblich stieg, hatte man zuzugreifen und die übrige Kohle zu schaufeln.

Schippe,

sagte also Flick,

Rippe, Lippe, ergänzte Luten und nahm den kurzen Griff mit dem ungeheuren Blatt, das er kaum zum Lorenrand stemmen konnte; magere Ausbeute, so daß der Häuer für mehr Masse sorgen mußte. Ob er sich nun glaubte oder die Sache demonstrierte – er schlug jedenfalls mit der Keilhaue zu, die zur Hand war, und hatte bald einen halben Kubik gebrochen. Nun ließ er den Lernhäuer ran, damit er sich üben konnte mit seinen zwei linken Händen. Das Luder ächzte, denn der Stiel prellte Ballen und Fingerkuppen, die nicht fest zufaßten, und der Meister wies an, die Flechsen zu spannen und dem Fels die Zähnchen zu zeigen. Es verhielt sich mit der körperl. Arbeit ja so, daß sie Bewußtsein brauchte (je dreckiger, je mehr), und nur Bestarbeiter hatten die Bewegung im Kopf. Die anderen waren auf ihre Knochen angewiesen und die Blasen an den Händen, die nur zu bald aufsprangen und entsetzlich brannten. Doch der Alte dachte in seinem Rausch nur daran, den reinen Handbetrieb durchzunehmen in der alten Privat-Grube Auguste und die größte bewegliche Arbeitsmaschine der Welt am Verschrottungsplatz Bischdorf. – Das Gebälk krachte, und der Versatz rieselte. Die Besucher, von dem Elan erschreckt und in der Enge in Panik geraten, drängten in den Querschlag. – Daß er nun aber hier, wo kein Flöz mehr wuchs und kein Brikett gedieh, den Blöden ausbilden mußte für die bescheidene Zukunft, schlug Flick auf den Magen, dem sich nach oben und unten ein Stöhnen entrang. Es klang wie ein schlagendes Wetter, wovon die Wölbstrecke bebte. Das Hangende brach herab, Luten zerbrach es die Rippen.

Scheiße,

schrie Flick und zog den Kumpel aus dem Geröll, und wollte nun zeigen, wie er die Verschütteten barg bzw. deren Reste, die er aus der Sohle kratzte, alle jemals Verschütteten aus ihren Orten und Zeiten – er schien nach der Arbeit zu scharren –

scheiße, scheiße,

wiederholte der Junge, ohne an andre Begriffe zu denken, denn ihm war nach genau dem zumute. Er konnte nur das Leder nicht lösen, und auch der Kübel befand sich nicht auf der Bühne. Er riß an dem Ehrenkleid, denn wetterfest wie es war, schien ihm der Gedanke, nun drinnezustecken, höchst unangenehm. Der Schweiß stand ihm um die Gusche, und er nestelte an der Buchse, bis der Ausbilder, der es kommen sah, ja roch, ihm half blankzuziehn. Und das Arschloch hockte im Schacht und schiß, um der Zukunft ein Denkmal zu setzen.

Fünfzehntes Kapitel

holt die alte Geschichte hervor, die in andere
Abgründe führt

Von Flick dem Großen berichten andere Texte, Nürn-
berger Akten oder rheinische Anekdoten und Börsen-
schwänke. Das ist ein kurzweilig Lesen; während unser
Flick Langeweile verspürte. Er saß auf einer Bank, und
die Rede von DEM ging dem Unberühmten nach wie
der Schatten, den er unter die Füße schurrte.

Unweit floß der Hammergraben, von allem Abflat erlöst, die Sonne stellte ihre blanken Spiegel ins Luch.
Er erblickte vor sich einen abgestorbenen knorrigen
Strauch, kein Blatt, aber ein Gekrächze darin, denn Ra-
ben befiederten die Äste. Er hob (oder warens Geier?)
den Arm, und sie flogen schwarz auf und strichen über
die Brache, als wäre die Erde Aas.

Laufburschen (: Joggingstöcke) kreuzten den Weg; ein
schwerer Mercedes zog witternd vorüber. In einem Be-
tonrohr gammelten junge Hasen. Die Zentrale gab die
Aufsicht auf und überließ ihn seinen Gedanken. Sie
lagen da auf dem Boden, und sanken noch weiter ab. Da
wurde er gewahr, daß einer neben ihm saß. Es war ein
Mensch unbestimmten Alters in einem abgetragenen
Anzug und zerwetzten Gamaschen, der sein Butterbrot
aus dem Papier aß. Er schien auch sparsam mit Worten, ließ ihn reden über sein altertümliches Thema und
nickte mit herabgezogenen Mundwinkeln. Nebenbei no-
tierte er Zahlen aus dem Gedächtnis auf die angegraute

Manschette. Wie er seinen Mann ins Auge faßte (Helm, Montur und imaginäre Brechstange), nahm er ein Blatt aus der billigen Aktentasche, auf dem Flick seinen (SEINEN) Namen fand. Dann fuhr geräuschlos der Wagen vor, der hundert Meter entfernt gehalten hatte, der Herr stieg ein und winkte dem Verblüfften und wurde davongetragen. – Als er auf das Blatt starrte mit den verjährten Paragraphen, wußte Flick, daß er angestellt war in SEINER Fabrik. Ihm war, als sträubte sich sein Fell, und irgendwas winselte auf und keuchte verwegen.

Er fragte eine dicke Radfahrerin nach dem Weg, die ohne abzusteigen erklärte:

Geradeaus und an der T-Kreuzung rechtshalten und an der Y-Kreuzung linkshalten –

so buchstabengenau, mußte sie der technischen Klasse angehört haben. Weil sie nun Flick erkannte, der sich nicht auszukennen schien, fiel sie fast vom Rad und blickte ihm befremdet nach. An einer Z-Kurve stieß er auf ein zugewachsnes Gemäuer. Es war mehr Natur- als Menschenwerk. Das Tor (Lauchhammerguß) intakt verrostet, ein halber Sinnspruch prangte darüber: ARBEIT MACHT, er schritt, von seiner innern Feder gezogen, drauf zu. Ein Köter lagerte im Wege und wedelte ihn an. Oder war es ein Wolf? Auf dem alten Schießplatz in Nochten waren Wölfe gesichtet worden.

Wo brennts denn?

fragte unser Flick; kein Durchkommen (hoffte/fürchtete er), aber ein eiserner Pfiff schreckte ihn voran. Er befand sich, zu seiner Verwunderung: wirklich an dem

Schießstand, wo er erwartet wurde und ein paar defekte Handgranaten entgegennahm. Er begriff, daß es um eine ernste Sache ging, mußte sich aber ungewohnterweise in einen Graben legen und aufpassen, wie die Geschosse über ihn wegflogen. Immerhin Arbeit, er hatte auf die Rohrkrepierer zu achten. So hast du dir das vorgestellt (: die Zentrale). Er wußte nicht, wozu die Übung gut war, aber wie die Granaten der Reihe nach explodierten, fühlte er, es geht in Ordnung. Sie waren sauber gedreht, formschön, zweckdienlich; ihn erfrischte die Logik. Es war alles durchdacht oder sagen wir durchgerechnet (was immer die Zahlen bedeutet hatten, sie stimmten). Hin und wieder wurde einem Mann ein Gliedmaß abgerissen, der nicht ordentlich dastand. Er selber lag oder hockte am Rand des Ackers, wohin der Dreck nicht spritzte; Dreckwolken wie im Kohlebunker, wenn die Brecherwalze freigeschlagen werden mußte von dreckschluckenden Leuten, bis der Conveyer (dreimaliger Hupton, rotes Warnlicht) angefahren und der Bunkerräumwagen staub- und lärmschleudernd in Gang gesetzt wurde. *Um wieder arbeiten zu dürfen, waren die Massen bereit, Minimallöhne anzunehmen, die Stunde im Durchschnitt 87 Pfennige. Den Unternehmern wurden die Steuern erleichtert, und sie durften allerlei Subventionen entgegennehmen, um den Kampf des Führers gegen die verdammte Bedürfnislosigkeit des Volkes zu unterstützen; daß diese Bedürfnisse, KANONEN STATT BUTTER, neu definiert wurden, fand Flicks Beifall, da er ja keine Molkereien sondern Stahlwerke besaß*, wie richtig bemerkt wurde. Endlich wurde er auf einen Wink von oben ins Werk getragen. Eine mechanische Landschaft, in der er sich auskannte, mit Kabelbäumen und Säureflüssen. Die Tätigkeiten in kleinste Prozesse zerlegt und durch Transport verbunden; so war das Personal vereint und auseinandergerissen. Jedem das Seine, und wenige durften die Plätze wechseln. Die Arbeit macht nicht, wie die Liebe, *gleich*, sie stellt die ihren neben- und untereinander. Er hing, genaugenommen, irgendwo dazwischen, indem er auf Zuruf reagieren *und* seine Leute anweisen mußte. Ein Hobeduddel trug ihn also in die Fertigung. Ein Ausfall, eine Stockung war eingetreten (wenn man nicht von Sabotage sprach). Der Festsaal von metallischen Hymnen erfüllt, wo hunderte Schleifmaschinen auf Touren liefen. Er sah mit Kennerblick: Granatenrohlinge, Wurfgranaten (roh oder vorgeschruppt). (Auch die fernen Fronten gehörten zu dem Ablauf.) Er griff nun zu, eine Fremdarbeiterin wurde hinausgeführt. Man muß nur an den Drähten ziehn, und alles wird zusammengerissen. Hier wurde, dachte er launig, der Weg vom Ich zum Wir beschritten; SEINE Ansicht hatten die Richter in Nürnberg vernommen.

Vorsitzender: Sie gebrauchen immer das Pronomen »wir«. Wen meinen Sie damit?

Flick: Mit »wir« meine ich »uns«.

Vorsitzender: »Wir« soll also bedeuten: alle Leute, die an dieser Industrie interessiert sind?

Flick: Nein, das soll bedeuten die Mittelstahlgruppe, meine Firmen also.

Als er schon glaubte, auf der untersten Sohle zu sein, fiel

er noch tiefer ins Geschichte. Die Unterwelt tat sich auf. Ein großes Gewölbe, das von Flammenschein erhellt war. Die Hämmer stampften (»ein Höllenlärm«). Dunkle Gestalten umtanzten mit ihren Stangen die Abstichpfannen. Nicht umsonst war auf die REKORD-Briketts ein Teufel gepreßt. Flick hatte das Gemälde schon gesehen, nur daß jetzt aus dem glühenden Strang, der in die feuerleuchtende Halle schoß, Geschützrohre geschmiedet wurden. Die stark bewegten Gruppen, in ihren gestreiften Kleidern, schienen in Lemuren verwandelt. Wie man im Bergbau vom Untermann sprach, wurde von Untermenschen geredet. Und gleich bildete sich, während er weitersank, eine Formation, die ihn auf die Schultern nahm, zehn oder zwanzig oder sogar hundert Untermänner/menschen schleppten ihn, ergeben schnaubend, gleichsam auf einer Sänfte vor Ort (und er muß nur zwischen den Zähnen zischeln oder die Schieblehre hart in die Höhe schnellen, um für Lauffreude zu sorgen) – dienstbare Meute, vor der ihn ein wenig ekelte und auf die er mit fröhlichem Abscheu sah. Er erkannte nun, rückwärts blickend, über dem Tor die ganze ironische Dichtung: ARBEIT MACHT FREI. Es war für Arbeit gesorgt. Draußen schossen die Haubitzen, und Bomben schlugen nieder. Alles bedeutete doch: eine Katastrophe trat ein! Er war in seinem Element. Zur rechten Zeit bestellt. Sein Herz bellte, er spitzte die Schnauze. Er wußte, wozu er gebeten war; er heizte die Hölle, er hielt sie in Gang.

Sechzehntes Kapitel

gewidmet den Tagelöhnern von Spandau

An einem kalten Tag war Flick weit herumgekommen, ohne daß er was gekonnt hatte, denn die Welt war soweit in Ordnung gewesen. Bis um Berlin herum ging die Rallye, auf die andere Seite; nun stand er dort für nachts und nichts. (Feier)abendstimmung, die Obdachlosen suchten ihre Wärmestube. So schien es dem Ortsfremden, weil noch einige ausschritten als wie Hucker verkleidet. Sie verschwanden aber in einem Flachbau, der *Schnellvermittlung*, und zwar im Warteraum.

Der Widerspruch in der Sache hielt den Müden wach, und er folgte matt und munter in das Quartier. Die Nachtgäste ließen ihn Rätsel raten. Warum trugen sie in dem Schlafzimmer dicke Jacken? Warum saßen sie am Tisch, nur Kopf und Arme gebettet? – Flick sah seine Leute an, geheimnisvolle Gestalten. Das waren die Westdeutschen, Rechtschaffnen, Ordentlichen: die immer auf der richtigen Seite saßen, doch warum in der üblen Luft? Er rutschte an einen heran; es hieß ja, man sollte sich seine Geschichte erzählen.

Ich bin *Heinz*,

willfuhr der Mann. Seit der Flachbau stand, fand sich Heinz hier ein. Er warte auf den Zufall, regelmäßig. – Auf den Zufall, das begriff Flick. – Seit 30 Jahren. Heut warte er zwölf Stunden, denn er trabe am Abend an, um morgen zurecht zu kommen. Er habe schon alles gemacht: Müllmann, Maler, Monteur. Er war das alles:

immer für einen Tag. – Dem Tag, folgerte Flick, war immer die Nacht vorausgegangen, sie wechselten ja und folgten aufeinander. Er betrachtete diese Tüchtigen, Verläßlichen, den festen Stamm, der nicht den großen Max markierte sondern den Kleinen Mann. Und auf den Zufall paßte, grad wie er, wo er gerufen wird. Und weil er hinhörte, was der daherredete, sang er hin und her:

Das Große bleibt groß nicht und klein nicht das
   Kleine.

Die Nacht hat zwölf Stunden, dann kommt schon
   der Tag –

während pünktlich ein Wecker eislernd schrillte; und bei diesem Geräusch brach er an, und eine Klappe öffnete sich in der furnierten Wand, vor der sich zwei drei volle Brigaden drängten. Flick sprang auch auf und war der Nächste am Schalter. Aber als er fragte, was anliegt? bekam er zu hören: Warts ab, und er wunderte sich und wurde übergangen, denn es waren ganz normale Berufe gefragt. Ein Engel steckte seinen goldenen Kopf aus dem Laden und verkündigte:

Maurer, Maurer,

und zwei Mann meldeten sich, und

Betonierer, Packer,

tönte es: alles gottgefällige Tätigkeiten, die jeder kann, Flick mußte sich, beim Himmel! nicht hervortun;

Bauhelfer, Aufräumer –

das waren so Hilfs- und Tagedienste, Notnägel, um die er nicht anstand. Die Spandauer waren wohl selber in

Not und wollten sich schnell helfen lassen in der Vermittlung.

Servierer, Sanierer –

es klang wie ein Segen, der freilich nicht hinreichte für alle Hucker; und Tischler, und Klempner! hätte Luten aufgezählt, aus Gerechtigkeit, Schuster und Scheißer; aber er hatte das Luder nicht mitgenommen. Es kamen auch schon ein paar glücklose Ausputzer wieder herein, weil es zu grimmig kalt war, Spandau zu sanieren. Kein Lohntag für die Tagelöhner. Heinz mußte morgen sein Glück versuchen und stellte sich zu dem Rest, den Allroundhandwerkern, die nicht so schnell zugefaßt hatten. Jetzt peilte Flick diese Urgesellschaft, in der man gleichsam die Arbeit, wenn sie vorbeikam, wie eine Beute jagen und erledigen mußte. Man durfte nur mit der Spitzhacke, Schraubzwinge, Lötlampe am Wege stehn und sehn, ob was im Busch ist.

Unter den Übriggebliebenen war ein Junge, Ludwigs Baujahr, der nach dem Ladenschluß gar nicht hinausgehen wollte, weshalb ihn die Jobverteilerin mitleidig frug:

Was bist du?,

und der Junge, ohne sich zu bedenken, führte aus:

Ich bin nichts.

Das wollte Flick ihn sagen hören (denn er hatte das Luder vor Augen), er lachte und schlug sich links und rechts auf die Backen, blies sie auf und sprach ihm mit fester Stimme nach:

Du bist ein Nichts.

Der philosophische Ton fiel auf, und die Alten, die sich

kannten, grinsten und nickten dem Nihilisten zu. Der erkannte nun aber das Unglück, dessen Zeuge er war, und dachte nicht anders, als zuzupacken. Aber wo? Sein Sachverstand war nicht ausgebildet an diesen Gebrechen. Vermutlich war dem Defekt, an so großen Teilen, nur mit Brachialgewalt beizukommen. Man mußte das ganze System anhalten, um den Fehler zu finden, und das Ding in die Einzelteile zerlegen und neu zusammensetzen. Aber so große Maschinen waren nicht in seiner Verfügung gewesen! – Die Beteiligten, sich im Glauben wiegend, an dem Schaden schuldlos zu sein, wollten keine Aussagen machen. Die ganze Gesellschaft *stand abseits.* Diese Kälte ergrimmte Flick, und er verlor die Lust, ins Leere zu greifen, wo nichts ist, was sich bewegen läßt. Er war nicht weit entfernt von dem abgehobenen Standpunkt, den das englische Parlament seit je vertritt: es sei der Armen selbstverschuldetes Elend, *dem man nicht als einem Unglück zuvorkommen solle, das man vielmehr als ein Verbrechen zu bestrafen hat.* Er stellte sich also vor die Verbrecher und sagte:

Eure Armut kotzt mich an.

Die Spandauer, die den Zuspruch kannten, aber persönlich nahmen, gingen auf den Blödmann zu, so daß sie doch noch zu tun bekamen; die Handlanger, die ihm auf den Helm oder Nischel hauten, der nicht nachgab, und immer in die Fresse die Polierer.

Siebzehntes Kapitel

hier geht Meister Flick der Arbeit nach und kommt
zu den Maulwürfen

Er war wieder auffällig geworden und wurde auf dem Amt nicht vorgelassen. Er brauche sich auch nicht hinten anstellen, er werde nicht behandelt. Man sei keine *Notaufnahme.* Die Windisch, der Flick unter die Augen kam, sah, daß ihm andere Bescheid gestoßen hatten. Bei aller Liebe, ihm war nicht zu helfen. Sie sah ihre Fälle davonschwimmen; und ballte beide Fäuste, wie um sie doch zu managen. Flick vermißte aber nicht die Liebe, sondern die Arbeit, die erkaltet war.

Es ist jedermann wohl bekannt, daß es in Deutschland gute und einfältige Arbeiter gibt, aber anderswo vielfältige auch, die billiger kommen. Auch Meister Flick wußte es von den Damen, die in Schwarzheide strichen und mit dem nackten Arm und lackierten Fingernägeln nach Osten wiesen. Dort ist die Arbeit! (und hier das Vergnügen) – so malten sie ihm das aus. Er mußte der Untreuen nur folgen; da er sie kannte, würde er sie wiederfinden. (Die Kernkomponenten zumindest, Motore und konstruktive Elemente, in den polnischen Beziehungssümpfen. – Die spandauer Baggermafia zog nach Italien zurück, und das hieß, wenn man die Buchstaben ordnete und ihnen Sinn gab: Litauen. (Mit Fontanes feinen Worten, ein weites Feld.)) Er reiste ihr nach.

Flick sagte nicht und wußte nun nicht wohin; die Alte

blickte ihm aus der Küche kopfschüttelnd nach. Den Enkel, der auch nichts fragte oder anzufangen wußte, nahm er mit. Das Motorrad trug sie der Grenze zu, und weil sie aus der Küche kamen, sang Flick:

Was macht den Lausitzer stark?
Kartoffeln, Leineel und Quark.
Und dem 2. Stimmchen fiel ein:
Was macht am bei Hitze frisch?
Wenn Schlippermilch kimmt uff Tisch
(und wirklich arbeiteten links oder rechts Kühe im Gras, weshalb Flick neu anhob):
Was gibt am Mut und Zorn?
Alter Cottbusser Korn –

so sangen sie sich Mut an und überredeten den Gegenwind. Die Grenze war ein völkerverbindender Fluß, seine Wasser sahen Deutschland ODER Polen, doch als man die Oder bald ein zweitesmal querte, floß sie ungerechter-, unbeherzterweise ganz in Polen. Flaches, eintöniges Land, nicht anders als das andere, als wenn alles eins wäre, und so will es die Natur; eintönig aber geschäftig. Überall standen Korbstühle zum Verkauf am Straßenrand. Sollte man ausruhn im Morgenlicht? – Es gab in der Gegend unvergessene Orte, *Posemuckel* (bei dem man nicht vergessen darf, daß er PODMOKLE nachäfft, was also Sumpf bedeutet). Hier hielt Flick an, um dem Kind die abgeschiedene Welt zu zeigen. Als er sich aber im einzigen Kiosk nach dem Befinden erkundigte, bekam er zur Antwort:
Leben ist gut,

und als er nach dem frommen Spruch weiterfragte, hörte er sagen:

Arbeit genug.

Es hatten nämlich die Schweden gleich neben dem Dorf und dem Wald ein Werk errichtet, in dem alles was im Dorfe wohnte und im Walde wuchs arbeitete oder verarbeitet wurde. Da wurde die schlichte Natur entdeckt, der grade Baum, der einfache Mensch, die sich verwenden ließen, fällen, schneiden, schmirgeln und leimen, und alles was rund und gesund war schnitt oder wurde zu Brettern geschnitten, nagelte oder fand sich in Kisten genagelt. Hier schien der Kreislauf der Natur noch intakt, und die Vollarbeit blühte, das Leben rechnete sich. Das waren gute Nachrichten, aus der Provinz, die das globale Dorf war. Luten trank am Kiosk ihre süße Milch (die Coca Cola). Und Flick fuhr gleich vors Tor von IKEA und wurde mit seiner Montur oder dem munteren Jungen durchgelassen. Er erkannte das Allerweltswerk, wogegen man sie im Biuro als Fremdarbeiter betrachtete. Einer Dame, die sich den Fall dann vornahm, hielt Flick die dicken Daumen hin (wie er sich mit der Windisch unterredete), und sie machte eine merkwürdige Pause, bevor sie mit weit geöffnetem Mund den Stundenlohn ausrief: xlx Zloty. Flick verstand nichts und gab nichts auf diese Währung, Luten für sein Teil zog die Kapuze übern Kopf, als müsse er einen Schwedentrunk schlucken. Das Management starrte die Deutschen an, nicht verlumpt aber lausig, die es nötig hatten. Man schickte sie wie irgendein Pack auf den Hof. Flick

stellte sich zu den Packern, hatte aber nichts anzusagen, als Luten einzuweisen und Obacht zu geben, ob etwas geschieht. Nun sind die Polen so ausgezeichnete Arbeiter, daß man nicht merkte, wo es hing und haperte, weil immer ein paar dazwischenstanden und Bewegung vortäuschten, damit die Löhne stimmten, die niedrig waren. Er fragte endlich die Perfektionisten, ob es hier keine Probleme gebe? Ein Packer gab zur Antwort:
Die Kinder!
Kinder, so viele Kinder, das sei eine Katastrophe (und er hielt die Faust hoch und schlug auf den Bizeps und zeigte, wie sie entstanden) –
und Kranke und Greise, plapperte eines fort, weil es nichts auslassen konnte,
der Pfarrer predige sie den Weibern auf. Und dabei grinste er sämig. – Ein kinderfreudiges, kindergläubiges Land! Flick sah auf sein Ziehkind und wußte die Zukunft voraus. Bei diesen stolzen Männern würde die Arbeit nicht bleiben. Sie sehnt sich nach selbstlosern Leuten. Die Ahnungslosen würden auch brotlos sein; das durfte er, deutsch und deutlich, verkünden. Sie will sich, bequem wie sie ist, *verlagern*, so wahr ihr die Bank helfe. Er sagte wie ein Samuel ihr Ende voraus. – Davon wollte das gegenwärtige Polen nichts wissen.
So fuhren sie weiter in dem duftenden Land, reife Roggenfelder. Ein frommes Revier, großen Himmeln unterworfen. Auch der Boden wölbte sich und hob sich, und als sie nach Waldenburg kamen, roch es nach Kohle. Und wirklich ahnte Flick in der Dämmerung ein paar

Figuren zu ihr schleichen. Das waren entlassene Bergleute, die nichts andres gelernt und davongetragen hatten als eine Staublunge und dort, wo sie aufgehört hatten mit ihren Maschinen, mit den Händen weiterwühlten. Er hörte sie gleichsam sagen: *Sie haben uns die Arbeit genommen und die Hoffnung, aber die Würde können sie uns nicht nehmen.* Das gefiel Flick, und er ging diesen Heiligen nach. Sie zauberten Hacke und Schaufel aus den Kutten, und endlich hatten sie Karren zur Hand. Er sah, daß sie in den alten Schächten verschwanden und wie die Maulwürfe wieder zum Vorschein kamen. Es wurde die Tradition der *Armutskohle* belebt. Flick freute sich des Wesens, das an sein Gewerk erinnerte, und es zog und riß auch an seinen Sehnen. Wie er aber hinter einem her einfuhr oder kroch, bemerkte er, daß der seine Joppe über den Gasmelder hängte. Man war im Orkus, jede Minute konnte der morsche Berg zusammenrutschen und seinen Mann begraben. Der (ein kleiner, fettleibiger Vierziger) zwängte sich in den eingedrückten Bau, um seine paar Klumpen zu rauben. Auf dem Bauche rückwärts jächend raffte er den Schruz. Flick rief ihn an bei seinem Leib und Leben, aber der Schuft beteuerte, daß der Sack 2 Zloty bringe, hingegen im staatlichen Handel 10 Zloty koste. Davon könne er leben und sterben. Wie er das betete, bellte draußen ein Hund, den sie abgerichtet hatten, und wie die Teufel huschte alles aus dem Verhau. Polente; sie warfen die Säcke in die Büsche, versenkten das Gezähe und vergruben sich in der Nacht. Am nächsten Tag zeigte Flick dem Jungen das eingesunkene Elend und begann ein paar Stützen aufzurichten und Bretter dahinterzuschlagen. Der Gehilfe aber trug viel taubes Gestein vor das Loch. So wurde es ein sichtbarer Ort, auf dem Segen (Sicherheit) lag. Die Maulwürfe, als sie anrückten und die Ordnung sahn, die man angerichtet hatte, fanden kein gutes Wort für die Leistung. Sondern verfluchten die Unseligen, weil sie jetzt ganz verkannt und verraten waren. Da Flick nun das Haupt schüttelte und irgendein Hohelied sang, warnte ihn der gute Junge, der es kommen sah:

Komm, meine Sorge! meine Not –

nichts weiter als Unheil also, wenn sie nicht schleunigst abkehrten. Doch Flick schien den 2. Beruf zu haben, es auf sich zu ziehn, wie die denkende Menschheit, der geprügelte Held.

Achtzehntes Kapitel
handelt mit Schrott und dergl. Hoffnungen

Sie waren sozusagen durch den Wind – und bei jedem Wetter im Einsatz. Und die Polen suchten in Deutschland ihr Brot, in Polen brachen es Ukrainer, dort brachen die Pakistanis ein. Das war ein großer Wirbel in der Welt, und alles drehte sich ums selbe, und jedes behalf sich anders. Fahrende Völker, und Hoffnungen! An Ort und Stelle wurden die weggeworfen, und jene waren rostig geworden. – In einer verwunschenen Gegend, in die Flick nämlich kam (Baggertümpel, Einödfabriken), wanderten ganze Familien mit ihren Handwägen, auf die sie Alteisen sammelten. Dieses Beschaffen lag den Habenichtsen, und was sie anfaßten, wurde Schrott. Man sortierte nicht die graden und krummen Dinge, und was noch Dienst tat, entließ man gnädig (das Geländer der Busstation Jelsava).

Als Flick nun den Banditen begegnete, sah er gleich das Problem, das sie hatten, das Teil auseinanderzunehmen. Er sah nicht lange dem tragischen Treiben zu. Mit Eisen verstand er umzugehen. Er hatte das Werkzeug, das zugriff (die Rohrzange), und die Moral, die beihalf (und danebenhaute). Die stand hier nicht zur Debatte; aber auf deutsch wurde drüber geredet.

Das sind Diebe!

flüsterte Ludwig und hielt sich ängstlich abseits, weil es allzu verwegene Arbeiter waren;

Tagediebe, Wöchnerinnen,

stimmte der Alte kaltblütig zu, der sie nicht ausgesucht hatte. Das Geländer ließ sich, seiner schlichten Natur nach, zerlegen, und das rostige Häuschen, das dazugehörte, kam unter den Hammer. Man mußte nur dem Aufbau im Gegensinn folgen = ihn zugrunderichten. So meisterlich ging der Abriß voran, daß man an Schöpferfreude gemahnt war. Die Zigauner ließen den wilden Mann machen. Er half wo er konnte; vergessene Gleise, einsame Masten wollten sie mitgehen lassen. Der *Eisenhans* (dachte Luten), märchenhaft, wie sich die Dinge bewegten. Einmal hoben sich, zwischen Sambir und

Lviv, die Kanaldeckel ab, das brachte Masse, echte Trophäen, die der Schrotthändler meistbetend abnahm. – Wenn nun aber die Miliz ... wenn sie auftaucht im Text und fragt, was ich anstelle und womit ich handle, muß ich den Schwank noch einmal erzählen. Es sammelten also die Fakultäten die alten Verheißungen ein. Diese Beschäftigung blieb den Habilitierten, denn was sie abgefaßt hatten, war Schrott. Man sortierte die graden und schiefen Dogmen, und die einst dienlichen verwarf man (den Glauben an die Vernunft). Der Glauben ließ sich, seiner schlichten Natur nach, auseinandernehmen, und die rostige Überzeugung, zu der er führte, verfiel dem Verdikt. Es genügte, die Dialektik zu referieren = zu ruinieren. So schulmeisterlich ging der Abriß vor sich, daß man von Vernichtungslust sprechen kann. Flick half unfreiwillig mit, indem er vergessene Themen hochhielt, sein einsames Ethos. Endlich räumten sie, zwischen Jena und Leipzig, die Bibliotheken aus, echte Koryphäen, die der Altstoffhandel – (so schwankt der Text, den ich der Miliz ... den ich miliziös notieren lasse), und kurz, um nicht mehr Aufmerksamkeit auf dieses Kapitel zu lenken, verweise ich auf seine Schönheiten, buntgekleidete Frauen und schmutzige Kinder, die Flick am Abend umringten. Manche hat dem Fertigen auf die Finger gesehn, in die sie sich, wie junges Eisen, gegeben hätte. Aber der sagenhafte Mann war *in Wahrheit* ein Meister. So eine, Drahtige, Kaltgezogne (die sich über ihn beugte), hätte ihn aus dem Bann erlöst ... sie schöpfte die kalte Buttermilchsuppe mit roter Beete auf seinen

Teller. Flick war kein Esser vor dem Herrn. Dann wurde der Hauptgang serviert, und die Hausfrau fragte:
Merkst du denn, was du ißt?
Fisch,
kam es einsilbig. – Brasse auf polnische Art: in zwei Hälften geteilt, die Gräten entfernt, zerschnitten, gewürzt, mit Zwiebelsaft und Zitrone beträuft (ziehen lassen), mit Mehl paniert gebraten und mit Tomaten und Zwiebelscheiben belegt. Luten hatte zugesehen, wie man sie zubereitet. Seine Augen tränten, und der Speichel schoß ihm im Mund zusammen, was die Zauberin entzückte, die den Jungen, als er sich, als in der Nacht … als er sich ängstlich abseits hielt, weil die allzu Verwegene mit bloßer Brust, und entblößten Zähnen, so daß er am Hals, wie der Morgen zeigte, tiefgegrabene … »Merkst du denn, was du schreibst?«
Eine Anzeige muß ich erstatten (wenn auch ohne Hoffnung), das Motorrad kam in der Nacht abhanden; das man vielleicht als Schrott betrachtete, oder zu Schrott fuhr. Flick machte dann wirklich mit der Miliz Bekanntschaft, die, nach seinem Dafür- und Dagegenhalten, keine *Ordnungskraft* war, denn so, wie sie ihn ansprach oder anpackte, mußte er sie, und nicht seine Gefährten, für die ausgemachte Mafia achten.

Neunzehntes Kapitel

*das Luten auf eine paradiesische Insel führt, wo er
aber unter die Räuber fällt*

Nach diesen philosophisch gereiften, rotbackigen Kapiteln kamen die beiden heim, ohne viel zu erzählen (Beulen trug der eine, der andere Knutschflecken vor). Die Alte begaffte, betastete die Mitbringsel, die die Männer sich eingehandelt hatten gegen das Motorrad. Die blauen Buckel, dachte sie, würde die Zeit heilen, aber die roten Male könnten sich zu einer Krankheit auswachsen. Das bedachte der alte Esel nicht, der den jungen am Eis lecken ließ. Sie rief die Schwiegertochter her, daß sie dem Betrieb (der Herumtreiberei) ein Ende setze. Wie die nun, Bärbel, ihr Kind so zugerichtet sah fürs Leben, griente sie: und grollte, denn sie konnte sich nicht darum kümmern. Sie hatte noch ein anderes Junges im Kasten. Man hatte ihr das *Sorgerecht* zugesprochen (das war das Recht, sich Sorgen zu machen), und dieser Besitz war ihr zu Kopf gestiegen oder aufs Gemüt geschlagen. So war sie hoch- und niederfahrend, je nachdem, und kein Mensch wußte nie, was ihr fehlte. Das ging freilich vielen so, seit es alles gab.

Der Tisch, an dem die gesellschaftlichen Kräfte saßen, war wie alle Runden Tische eingeschlafen, weil man sich auseinandergelebt hatte. Der Apfelkuchen war geschnitten und die Sahne steif geschlagen, und derjenige welcher, der sonst am meisten hineingestopft hatte, fehlte unentschuldigt. Doch die Großmutter regte an, *dem Er-*

zeuger sein Produkt ein paar Wochen zuzuführen. Erst nach einer Weile begriff Luten, daß von ihm und seinem Vater die Rede war, der sich, wie der Großvater sagte, *abgesetzt* hatte und *im Urlaub* war. Dem Umstand lauschten alle nach; er war wohl etwas Urtümliches, Laubiges, wo man im Walde wohnte.

Im Freien,

freute sich der Junge. – Ja! (der Alte):

auf der Kanarischen Insel.

Die Frauen quittierten (mit Lachen) die Angabe: und bestätigten das Ziel, das man wahrscheinlich schwimmend erreichen mußte. Flick holte aber am nächsten Morgen die Drahtesel aus dem Keller, und nachdem der Seesack mit Proviant gefüllt war, ging es auf große Fahrt. Sie trieben bei gutem Wind durch den wogenden Sommer, ein schäumendes Meer von Melde und Hafergras. Nach etlichen Meilen in nordnordöstlicher Richtung erreichten sie Neu-Seeland, wo sich schon die Gewässer zeigten (*Flutung bis 2015*). Der Alte hielt Ausschau, mit den Ohren, weil es sich um eine Hundeinsel handle. Sie liege flach im Verborgnen, man habe also die Ohren aufzuhalten, um die Bewohner zu bemerken, vielmehr von ihren Nasen bemerkt zu werden. Hier brauchte man, in der Natur, alle Sinne, lernte der Junge und schmeckte die milde Luft, die wie von Senf und Gurken war. Irgendwo hinter Allmosen wurden sie, vom europäischen Radweg irrend, fündig. So versteckt, wie das Quartier sich hielt (fern von Amts wegen und Vorladungen), war es doch ein ausgedehntes Vorwerk, in welches der Vater und seine neue Frau ausgestiegen waren. Sie hatten es instandbesetzt und auch den Bauerngarten erblühen lassen. Wilde Lupinen schlugen gegen den Maschenzaun, desgleichen die Hunde. Der Kleintransporter stand im Schatten, ein Brunnen sprudelte, der Grill glühte. Man schien hier noch beim Frühstück zu sitzen, der Vater leckte, bevor er sein seltenes Söhnchen begrüßte, die dicken Finger ab. Auch sein Bauch war dick geworden, so daß Luten, wenn er gleich wollte, nicht vorbeikonnte. Das mußte eine gesunde Insel sein, auf der man so gewaltig gedieh. Bernie – so ließ sich der Vater rufen – schmierte auch Luten eine (dicke) Schnitte und schnauzte:

Faß!

Desgleichen die Stiefmutter zu den Hunden, die sie nämlich die ganze Zeit versorgte, ohne sich den Gästen zu widmen, weil sie vielleicht nur kanarisch sprach. Es war ein Wurf Terrier, der sie in Anspruch nahm und die Küchenkasse: sagte Bernie; nachdem der Winter sich hingezogen und Beate die Biester nicht verkauft hatte. Der Großvater rutschte unwillig auf dem Stuhl. – Wovon lebst du? fragte er seinen dicken Sohn, und der Junge half:

Von der Luft und (rief er naseweise) vom Rauch.

Bernie schritt behäbig zum Grill und kam mit zwei Flaschen Landskron zurück.

Vom Staat, von der Stütze,

stabreimte er mit berechtigtem Stolz darauf, was ihm zustand. Wie leicht es war, sich seinen Reim zu machen.

Und was tust du dafür?

Na leben wohl, erwiderte Bernie lächelnd über seine Leistung.

Und nicht schlecht, sagte Flick und sah bekümmert in die Idylle. Sie fraß, gleichwie die Hunde, an seinen Nerven. Er konnte wohl auch auf Hawaii nicht Urlaub machen. Er stand also ungeduldig auf und gebot dem Enkel, durchzuhalten beim Nichtstun. Und zwinkerte Luten mitleidig zu, als er sich aufs Rad schwang.

Wer es eilig hat, verliert die Zeit,

wies Bernie den Jungen ein in die herrliche Aufgabe. Die logische, gleichwohl schwierige Sentenz beschäftigte ihn, und er bewunderte den Vater für die Weltweisheit, die er, beurlaubt, gewonnen hatte. Er durfte die langsamsten Tage verbringen, mit morgendlicher Ruhe, und nächtlichem Lärm, wenn sich die Gleichgesinnten trafen. Die eilten nicht nachhause. Es war aber nicht so, daß der Vater tags nichts tat. Er verließ nämlich die Ranch zum Fliesenlegen. Nur wie sollte der Wanst, dachte Luten, sich bis zum Boden bücken? Das mußte (wie die Tätigkeit selbst) im Geheimen bleiben, denn die Arbeit war in dem Paradies verpönt. Etwas Schwarzes, Schlimmes, wovon man nicht sprach. Die Hunde zählten nicht, auch wenn sie Arbeit machten. – Luten mochte keine Hunde, die Stiefmutter duldete nur diese, denen er sich also zugesellen sollte, um doch sein Teil an Liebe aufzuschnappen. Sie suchte ihm das Hundeleben schmackhaft zu machen, vor allem das Futter, das zu jeder vollen Mahlzeit hingeworfen wurde, Schappi genannt, in das man mit Geheul die Zähne schlagen mußte. Das Heulen gelang ihm, nur das Hinunterschlucken fiel schwer, so daß er sich an das Wasser hielt und das harte schimmlige Brot, an dem es nicht mangelte. Die Herrin legte ihn, weil er sich nicht beschwerte, sogar an die Leine und führte ihn herum, wobei er in der Angst, entdeckt zu werden, auf alle Viere niederfiel. Das war nun ihre Lust; wozu auch die Hundepeitsche diente, die sie in das Rudel sausen ließ, dort, wo sein Hintern herausragte. Beate konnte das Spiel jeden Tag treiben, um ein Stück Erziehung nachzureichen und das Ekel für die Freizeit abzurichten. Wenn Bernie, von dem Kläffen angelockt, ans Gatter trat, stand sie mit erhitztem Kopf über den Bestien, die nicht genug bekamen. Er holte dann selber aus, aber das war ihr zuliebe; die Luten in den Scheißdreck drückte. Da sehnte man sich nach dem Menschenleben.

Es begab sich aber, daß ein Gebot ausging von der Agentur für Arbeit und jedermann sich schätzen lassen sollte, ob er die Almosen verdiene. Der Sozialspion ging um, und alles auf der Insel besorgte sich wegen des Angriffs auf die *Existenz*. Ludwig verstand so viel, daß man die Schmarotzer und Schmorutzer suche, (arbeits)-scheues Gesindel, das es auszuheben gelte. Es sei besser, sagte der Vater, wenn er im Bette bliebe und sich nicht blicken lasse, denn vielleicht zähle man ihn dazu. Das erschien dem Jungen nicht ganz unwahrscheinlich, und so lag er fest zugedeckt in der Kammer, als die unvorsichtigen Hunde bellten und die Beamten kamen. Die

Stiefmutter mußte sie ins Haus lassen, laut klagend, daß die Wege zu weit wären und die Hunde sie nicht wegließen. Der Mann käme auch nicht in Betracht, da er ihr soweit fremd sei und ihr fern liege. Die Nachricht wunderte und erfreute den halben Waisen und wiegte ihn fast in Träume, als die Türe nachgab und er entdeckt war.

Kannst du mich hören?

sagte eine Beamtin und strich ihm übern Kopf, was ihm wohltat. Er riß die Augen auf und vervollständigte:

Ja, und riechen und schmecken und sehn,

um zu zeigen, daß alles in Ordnung mit ihm sei.

Und kannst du aufstehn?

fragte ihr Begleiter und zog das Deckbett weg, und Luten fuhr auf und versetzte:

Und aufspringen und davonlaufen,

um sein gutes Gewissen zu beweisen. Die Kommission interessierte sich aber viel mehr für das Doppelbett, in dem garniemand lag am Tag, und sprach:

Schlafen denn die Frau und der Mann in einem Zimmer?

Luten gedachte auch diese Prüfung zu bestehn und antwortete mit der bitteren Wahrheit:

Ja, und in einem Bett und einem Kissen.

Und essen sie denn an einem Tisch?

Ja, und aus einem Topf und einer Pfanne.

So brav er geredet hatte, mußte ihm ein Fehler unterlaufen sein, denn die Stiefmutter schüttelte entsetzt den Kopf und wollte den Unfug nicht wahrhaben. Luten erschrak, und hätte sich gern zufriedengegeben, wenn es sich anders gefügt hätte mit den Eltern; indes waren die Spione sehr zufrieden mit ihm. Nur eine Hauptsache war noch zu bezeugen, doch in dem geheimen Punkt, den man ihm genau bezeichnet hatte, mußte er Stillschweigen wahren. Der Vater kam aber gerade aus dem Gelände, und die beiden Dienstwagen stießen beinahe zusammen wie zwei Weltanschauungen, die unverrückbar waren. Während der Brunnen ruhig sprudelte und Bernie keine Zeit verlor beim Aussteigen, indem es ihm nicht eilte, erfuhr Luten aus der weiteren Unterhaltung, daß der *Betrug* aufgedeckt war und er unter *Räubern* lebte, denen jetzt das Handwerk gelegt werde. Und wieder dauerte es eine Weile, bis er begriff, wem die Rede galt und die Schrift, die daraus gemacht wurde, und die finsteren Mienen zeigten es ja; was ihn, den Hund, mit Stolz erfüllte.

Zwanzigstes Kapitel

spielt oder kämpft in der No-Go-Area

Eines Nachts hörte man am Butterberg gewaltigen Lärm, wie von zehn nackten Russen oder eben Rowdies aus der Gegend. Als das eine Weile so ging, öffnete man die Fenster, um nicht mehr schlafen zu können und sich aufzuregen. Der Radau schien den Kleingärten zu entwachsen, wo Kleinholz zu machen war oder irgendein Hindernis, das im Wege lag, mit vereinten Kräften stöhnend aus dem Boden gewuchtet wurde. Bald glaubte man die reine Zerstörungslust am Werk, dann meinte man einem Mord beizuwohnen, so furchtbar schrie und blökte ein Blödian. Kaum war der stille, schienen Schüsse zu fallen, im Freibad, auf dem Friedhof, ein Eingreifen war erfordert. Während die Alte am Notruf hing, trat Flick in Helm und Montur auf die Straße. Es standen schon andre vor ihren Hütten, handelten nicht und begannen nicht den Einsatz. Man mußte aber nur den deutlichen Rufen folgen oder der verdächtigen Ruhe. *Makarenkostraße*, las er mit Genugtuung auf dem Straßenschild.

Er dachte wohl, eine Brigade bei der Arbeit zu sehen. Sein Gesicht hellte sich auf (die Karbidlampe), sein Atem ging ruhig. Die Kerle schleppten schwere Balken, ungeschickt schwankenden Gangs, und er fühlte sich bemüßigt, mit anzufassen, um alles unter Kontrolle zu halten. Es waren Rundhölzer, die sie vom Wegrand gebrochen und auf den Bordkanten zu spreilen hatten. Die Nachtschicht steckte Flick an, der ganze rackernde Geist, der sich nach Untaten umsah und, wie es die Umwelt zuließ, tätig wurde. Er trabte mit durch die Mitte, die sie markierten (die gußeiserne *Germania*), in das sumpfige Lauch. Der Biologe Kammerer kam, im Ersten Weltkrieg, zu der Ansicht, alle Dinge hätten eine der Schwerkraft vergleichbare Neigung, ihrer Umwelt ähnlich zu werden, und das seiner Umwelt ähnlich gewordene Ding werde selbst zur Umwelt anderer Dinge. (Das *Gesetz der Serie*; »Serientäter«.) Feldgraue Theorie, er konnte sie im Feld mit Augen greifen, wie wir also auf der Wiese, wo sich die Meute tummelte und die Koppel aushob. Das war Landschaftsschutzgebiet, *No-Go-Area* (in der Sprache der Polizei), in das Flick furchtlos hineinging. Es war gerade der Moment, als Mensch und Material ermüdeten und man die Lasten in den Kuhteich abwarf. Der Enkel, der dem Großvater nachgelaufen war, rief ihm zornig zu:

Flick, bleib stehn.

Stillgestanden,

salutierte der Meister erfreut über die Verstärkung, und Luten rührte sich schwach:

Flick, geh weg.

Weggetreten,

übernahm der das Kommando, und Luten kannte natürlich die Planung nicht. Aber als er den Großvater lachen hörte, glaubte er, es mit einem großen Spaß zu tun zu haben oder der Freude am Spaß, die man sich gönnen durfte. Er lachte darum aus vollem Hals mit. Da seine Unschuld Anteilnahme erregte, wurde er wie ein übriger Stubben gerodet und in hohem Bogen ins Wasser gesetzt, wo er hart auf den Hölzern landete. Nun war der 2. Makarenko am Zug, indem er die Schwererziehbaren mitzog und in den Tümpel stieg. Die folgten aber nicht dem Programm, zu retten was zu retten war, sondern wendeten sich, der Umwelt ähnlich, von ihren Anfängen ab, um sie anders weiterzuführen. Sie begegneten den Pferden mit ihren Schreckschußpistolen. Es war eine große, stolze, ausländische Rasse, der sie Furcht einflö-

ßen wollten. Die Pferde begannen voll Abscheu zu laufen und die Hufe zu zeigen; doch scheuten sie vor dem
Elektrozaun, und das höhere Wesen konnte Angst und
Schrecken verbreiten, was zudem wie die Schlachter die
Messer zückte. Man hörte weit in die Nacht den entsetz-
ten Galopp in der Koppel. Luten, der mit nassen Hosen ankam, sah das Fußvolk auf den Fohlen reiten, *feind-
lich* (konnte man sagen), welche *wie die Asylanten rannten*
(wenn man auf Fun und Fantasy aus war), als hätte man
Feuer gelegt. – Flicks Erscheinen machte die Herde nicht
ernst und ruhig. Die edlen Tiere, gewahrte er, zitterten. Die Streife, die jetzt herfand, erklärte, zur Rede
gestellt:
Die spielen bloß Krieg.

Einundzwanzigstes Kapitel
*schwankt zwischen Lust und Grauen,
wie jeder andere Schwank*

Ein Unternehmen hatte was zu tun für einen Mann, der
nicht lange fragt und auch hinterher schweigen kann. Er
stand wohl auf dem Fuhrhof und fragte:
Was liegt an?
und wollte es also wissen, auch wenn eine innere Stimme
sagte:
Mach es nicht.
Rollen muß es (das war seine Antwort),

aber wohin denn? sagte das Gewissen weiter, das gar nicht gefragt war und hören mußte:

Im Frühtau zu Berge wir ziehn, vallera –

was er laut sagen konnte, und der Auftraggeber ließ es durchgehn bis zur Strophe: Werft ab alle Sorge und Qual, die der Sache nahekam. Die *Sache* war nie definiert worden, Großtaten, Wahnsinnstaten (*Sollte jene Qual uns quälen, / Da sie unsre Lust vermehrt?*), und auch ich kann nur mit Andeutungen dienen. (Schadstoffe, Gift?) Man kann sich Verschiedenes denken, was geheim und gefährlich ist und verschwiegen wird, wie übrigens die Hauptsachen und höchsten staatlichen Angelegenheiten, die unerhört bleiben und unter der Hand abgemacht werden, die wesentlichen Deals. – Der Mensch will Dinge machen, aber es gibt Dinge, die sich den Menschen machen, der dann zu machen und malochen hat. Man kennt das von den neuen Waffen, die, einmal hergestellt, benutzt sein wollen und noch wenn sie Schrott sind Einsatz erfordern. All das schöne und unnütze Zeug, das, auf einen Haufen gelegt, eine Macht ist und, vom hohen Haufen herab, kommandiert und bestimmt, wos langgeht (in den Toten Wald bei Plessa?). Die tote Arbeit, die uns in Dienst nimmt, sie reißt die Gewalt an sich und stürzt voran im Verkehr, im Krieg: ihre Bewegung der *Unfall*; und wer wird gebraucht? wer steht schon an? Flick, der Gehherda, der Held von ehedem, der Komiker vom Dienst. Er trat an den Lastzug, ein schwerer MAN, das Verdeck war fest verschnürt, auch der Hänger ordentlich beladen; er hievte sich ins Fahrerhaus, legte die Gänge ein und fuhr ins Abendgrauen; und bog mit abgeblendetem Licht auf weiche nachgebende Wege ab. Als er ausstieg, gewahrte er Luten auf der Hängerkupplung stehnd, der vielleicht, als sein Gewissen, aufgesprungen war, aber nun stumm verzückt in die Urwelt blickte. – Ein Loch in den Moorwiesen, Altarme, Schilfröhrichte, Erlenbruchwald, ein Rückzugsgebiet der Tierwelt (und der Müllmafia), geschütztes Gebiet, seit die Armee abgezogen war; wo nun kein Schwein mehr hinkam. Ein wahrer Lustgarten und schönes Biotop, Pfennigkraut, Glokkenheide, Sonnentau, Sumpfbärlapp, desgl. Weißstorch, Graureiher, Rohrweihe, Haubentaucher.

Luten streifte also Hemd und Hose ab und sprang ohne zu zögern in den Teich. Flick sah den schmalen hellen Leib im schwarzen Wasser gleiten, sein junges unverbognes Ebenbild, das wohlig die Glieder streckte. Dann ließ sich der Kerl, mit zugehaltner Nase, langsam untergehen, reckte sich auf den Rücken als Toter Mann und, indem er häuptlings abrollte (Köpfchen in das Wasser / Schwänzchen in die Höh), wühlte er im sumpfigen Untergrund und patschte prustend durch Schilf und Geschlinge ans Ufer. Flick vergaß, was ihn hergeführt (was er hergefuhrwerkt) hatte und entledigte sich auch der Joppe und des Koppels mit den Karabinern und übte, wie ein Frosch, im Sumpf zu watscheln, aus purer Lust. Die war jedoch nicht ausgereizt, denn der Junge hatte nun, bibbernd, einen Ständer und zeigte verlegen auf das Ereignis, das die verzauberte Natur selbst hervorgebracht hatte. Der Großvater aber wußte längst Bescheid mit dem Werkzeug, das man in die Hand nehmen kann, wenn man Lust hat, und erklärte ihm die mechanische Handhabung. Das Prinzip der Reibung, ein Naturgesetz; und das Erzeugnis, das man Sperma nenne, sei ohne viel Mühe zu haben. Der Schlingel stellte sich dumm (: die linken Pfoten), und der Fachmann tat sich wichtig:

Das ist Männersache.

Frauendienst, ergänzte der Junge.

Handbetrieb, lästerte der weiter.

Und Mund-, fantasierte jener fort, und der Alte überließ ihn dem Lehrgang und machte sich am Fahrzeug zu schaffen, um die Ladung loszuwerden. Er bediente die Hydraulik, und das *Zeug* rutschte von der schiefen Ebne in den stillen Don, wo es schäumend unterging.

Was ist das? (fragte die innere Stimme),

aber er wußte von nichts und beruhigte sein Gewissen:

Irgendwelcher Mist.

(Dinge, die kein Mensch anfassen will.) (All die häßlichen, unnützen Dinge, die wir brauchen.) Als er aber bedachte, daß er nicht allein war und ein Zeuge durch die Sträucher äugte, wollte er die Sache vor ihm zuende bringen und stocherte das Zeug vom Hänger in die Binsen. In der Hast schloß er, noch während er mit der Stange im Wagen hantierte, die Ladeklappe, die mit Wucht in den Unterarm schlug und die Muskeln (den Knochen?) zermalmte. – Man spricht, all der Dinge wegen, die wir nicht mehr beherrschen und die ihre ungeheure Dynamik entwickeln, von einer *Epoche* des Unfalls, die ihr Personal beschäftigt, Opfer und natürlich Helfer, Havaristen; und so wäre unser Flick noch/wieder eine epochemachende Figur. – Von dem gräßlichen Schmerz wurde ihm schwarz vor Augen, die Beine sackten weg, er hing an der Wagenwand. Als er zu sich kam, sah er um sich und rief: Flick!

Das war er selbst, aber Luten kam durch den Huflattichhain und sagte:

Zur Stelle.

Und indem er den Verunglückten erblickte, frug er mit ruhiger fester Stimme:

Wo ist das Problem.

Der Alte, in kindisch hohem Ton, bettelte die Hebel herunter, die er drücken sollte, und ließ den Mann machen, der, ohne den Opa anzusehn, an die Arbeit ging, bis sich die Hydraulik spielend bewegte. Der Arm baumelte am Körper, ein klaffender Schnitt. Und Flick, traumatisiert / wieder ganz der Alte, stieg in den großen LKW und fuhr ihn, im Frühtau, während Luten das kalte Grauen packte, retour.

Zweiundzwanzigstes Kapitel

worin Flicks starker Arm alle Räder in Bewegung setzt;
heißt auch: Die Streikverbrecher

Als Flick von Lauchhammer diesertage auf dem Amt erschien, sah man seinen Schlagarm bandagiert. Das war ein rarer Anblick bei den Leuten, die zu viele Hände hatten und sie verlegen von sich hielten; der war ja noch gut dran und konnte es gut sein lassen. Der hatte sein Pensum geschafft. Er meldete sich aber bei der Windisch, die ihn bestürzt ab- oder anwies, nun nicht für ihn dazusein. Sie brach bei diesem Wort in Tränen aus, die es amtlich machten; sie würde den Mann nicht wiedersehn. Der legte sacht die eine Faust auf den Tisch mit dem Daumen, der nach oben stand. Der Fall war ihr sozusagen aus der Hand genommen, aber weit gediehen. Sie langte mit der Hand zwischen die Beine, als wenn sie etwas suchte (eine Stelle, Flick), tiefer suchte und rieb, und als er ihr anders helfen wollte (und nicht wußte wobei), wurde er zurückgewiesen und durfte nur ihre Hand anfassen und (weil er einmal da war) begleiten bei dem Einsatz –. Mehr konnte sie nicht für ihn tun.

Und des Himmels Regen ist so reich.

Und was tun wir uns zuleide

Und was tun wir uns zuleide.

Wie sich Flick in der Kreisstadt Cottbus umtat, um das Luder irgendwo unterzustellen, kamen sie an eine Fabrik, wo die Arbeiter vor dem Tor standen, weil sie vielleicht Luft holten oder sich den andern Leuten zeigen wollten. Sie hatten ernste und verträumte Gesichter unter den roten Mützen, und Flick sah auf den ersten Blick (und ließ es Luten wissen): das sind feste Leute,

die haben Glück.

Und Unglück, Unmut,

sagte der aus Gewohnheit und Erfahrung, und Flick wartete eine Weile, was sich ergeben würde. Die Arbeiter nicht anders: sie standen wie angelötet, und es dämmerte dem Dümmsten, daß es Streikposten waren.

Haltet ihr Maulaffen feil? fragte Flick die Träumer.

Will er eins aufs Maul haben? unterbreitete ihm die Gewerkschaft.

Das war kein Verhandeln, er schlich aber in einer Stunde wieder vorbei, in der sich nichts tat, sondern *die Arbeit ruhte*. Ein bärtiger Mann, in ein Plakat gekleidet und die Flüstertüte vorm Mund, übte sich in Parolen, die man hier nie gehört hatte, seitdem man sie einmal, an einem 17. Juni, gerufen und der Staat sich dermaßen erschrokken gehabt hatte, daß man für immer in Lohn und billiges Brot gesetzt war, bis er am Ende gewesen war. – Die hier, hörte Flick, wollten sich teuer verkaufen.

Leichtsinnige Leute, sagte er seinem Gewährsmann.

Schwerfällig, tiefsinnig, ergänzte der Junge, der sich umsah.

Flick aber war die Arbeit teuer, und er ahnte den Schaden, der angerichtet wurde. Den schien man billigend in Kauf zu nehmen. Er wies ein paar Eckensteher und Simulanten an, einzuschreiten, und hatte den Enkel und zwei Penner hinter sich, die gerne mal, wie die englische Königin, einen Betrieb von innen sehen wollten. Er wurde an der Pforte aufgehalten.

Ich geh zur Arbeit,

erklärte er, und das sah man ja an der Montur; worauf die Proleten nur mit Kopfschütteln reagierten, denn sie waren von der Gewerkschaft geimpft, zu kämpfen und keine Gewalt anzuwenden. Es stellten sich ihm also Viere entgegen (auch Sitzen galt als Gewalttat), um ihn von dem alten Vorsatz abzubringen.

Die Streikverbrecher,

fabelte Flick, und das falsche Wort fand keine Widerlegung, nur die rote Fahnen wurden hochgehalten, die wie ein Meer von Wehmut oder Lachwut wehten. Und er redete mit sich selbst:

Mann der Arbeit, aufgelacht –

(wieder stimmte der Text nicht)

Und erkenne deine Macht

Alle Räder drehen sich

(: hier war er korrekt)

Wenn dein starker Arm es will –

er hob seinen Arm, der ihm geblieben war, und einige der Kämpfer hoben die Pfote und ließen sie sinken, denn sie kamen mit dem Lied nicht zurecht. Da griff er zum Signalhorn, dessen verblüffte Musik ihm Durchgang verschaffte, Luten zögernd und die Penner stolpernd hinterher, die als Spaßmacher passierten. – Im Werk traf er auf die sämtlichen Maschinen, die zwischen den Fronten standen und ruhig abwarteten, wie der Kampf ausgehen würde. Nun wollte es aber sein starker Arm, den es juckte (und auch in dem verletzten spürte er es), daß er an eine Drehbank trat und sie anfuhr, und auch die nächste setzte er in Gang und stellte einen Penner an, der noch die Handgriffe wußte. Der schöne Lärm klang draußen wie Alarm, und die Streikleitung schickte Emissäre in sein Zentrum, das nicht auszumachen war, denn Flick war unterwegs in der Halle und brachte alles zum Laufen. Also rannten auch die Posten herum, um den Unfug abzustellen (nämlich die Arbeit). Ludwig, eben von Flick angelernt an einer Stanze, lernte gleich auch die Unsicherheit aller Verhältnisse, aber der Dussel, dem die Arbeit Spaß machte, ließ sich nicht wegstoßen und wollte gar nicht von dem Gerät, das er nicht anhalten konnte. Das war auch nicht Flicks Mission, den Weltlauf auszuschalten. Ein solcher läppischer Aufruhr war nie gewesen, wo der Werkschutz die Streikpartei nahm und die Arbeiterbewegung künstlich wiederbelebte. Währenddes liefen die Anlagen ohne die Belegschaft, was der Werkleitung ein großes Zeichen gab. Der *Alleingang* war angesagt: die Zukunft der Arbeit, die jedenfalls nicht dem Menschen gehört, sondern er kann sich putzen. Denn die Maschinen werden sich selber fikken, und er darf zusehn. Ein menschverlassenes Werk, wo er den Dummen macht (der er nicht ist) und die Maschinen den Reibach; (aber einsam, allein und nicht in Gesellschaft werden sie wahnsinnig werden).

Indem noch der Werkschutz ermittelte und, wegen Anwendung keiner Gewalt, nach den Unschuldigen fragte, kamen alle in Betracht, und die Streikbrecher wurden hinausgetragen und an die frische Luft gesetzt. Auch dort hörte man:

Was haben sie *angestellt*,

und solche doppelten Fragen, auf die man nicht einfach antworten kann, denn es stimmen alle Begriffe nicht, und es braucht Kollektivgeist, das zu begreifen. – Um das Kapitel versöhnlich zu schließen, muß man sich des

Grabens erinnern, der durch das Land geht, doch jetzt waren die einen und die andern auf einer Seite, sie wußtens nur nicht; im Ausstand sind sie alle *draußen* (: wer denn, wir?), und der gerechte Luten kann nur die einen nennen, die kämpfen müssen. Er lehnte sich an den wankenden Alten und zog die Kapuze über den Nischel und sagte:

Die, die alle, und ich.

Dreiundzwanzigstes Kapitel

erzählt die Legende von den neuen Mittagsfrauen

Von den wunderbaren Seen, die den schauderhaften Gruben nachfolgen, ist auch in andern Prospekten die Rede; dieser hier fragt dem Geheimnis nach, das um sie webt. Die Wasser flossen ja finster heran, spülten ihre üblen Phenole in den Schluff und waren alsbald kristallklar gekeltert. Es ist aber eine gewagte Idylle. Der Wanderer ahnt die Bewandtnis der riesigen Badewanne, d. h. ihrer Wände. Unheimlich, sich an die Kante zu stellen, die selber wandert, weil es in der Tiefe noch arbeitet. Man spricht vom Setzungsfließen, das die weißen Strände hinabreißt, von Sandbeben, die die neuen Pisten klaftertief senken. Trigonometrische Punkte verschwinden, die Koordinaten verschieben sich. Die Gegend ist wohl zu lange aufgeregt worden, um sich schon zu beruhigen, und der umgewühlte Boden muß weiter rotieren.

Die Erde hat ein Gedächtnis, und wo der Mensch seine Sache längst versandet glaubt, ist sie noch immer zum Umsturz bereit. Bis zum Grund! ist ihre gefährliche Phrase, von Grund auf! ist ihr geheimer Beschluß.

Der einarmige Fußgänger, als der Flick jetzt durchging in der Lausitz, wurde von den Unruhen magisch angezogen. Er mußte sich nicht weit verlaufen bis Burghammer an der zerschnittenen Straße. Der Ort war halb abgeschafft (was die Menschen betraf) und aufgeblüht mit der Natur. Flick stand am Aussichtspunkt, um eigentlich Rückschau zu halten, aber gewärtig, bei einem Unfall zur Stelle zu sein. Dort, wo *seinerzeit* (so zählte er die Epochen) das schwarze Aschewasser in das Restloch strömte, breitete sich die gleißende Fläche, auf der der flüchtige Himmel spielte. Ein bewegender Anblick, in der sonst reglosen Gegend. Denn die Bodenhandlung war rasch vorübergegangen, wie Pläne und Atemzüge; ein Menschenleben, und die Erde war ausgeweidet bis auf die silurischen Knochen.

Nur Sonntagskinder, sagte ein Weib, das plötzlich am Geländer lehnte, können bis unten sehen.

War es eine alte Sorbin? in deren junges Leben jene Pläne eingeschnitten hatten; die wohl noch ihre sieben Röcke trug wie im überbaggerten Dorf.

Auf den Grund sehn? fragte er.

Den Grund, erwiderte sie, haben sie nie erreicht.

Das zweite Lausitzer Flöz!

Die Sohle … die Kohle …

Als sie so rüde sang, fiel Flick die gefürchtete Mittagsfrau ein, die den Menschen, *wenn er nicht reinen Herzens ist,* eine Menge fragt. Kann er antworten, ist es gut; wo nicht, dreht sie ihm den Hals zu. Nur zwang ihn die, selbst die Fragen zu stellen.

Waren es nicht alles Sonntagskinder? fragte er also (sie hatten Arbeit, Wohnung, Brot).

Werktagskinder, versetzte sie und schaute wieder hinab. Er sah nur den gelblichen Spiegel, das Neuwasser, *Bernsteinsee* genannt. Sie hielt, in der Mittagshelle, die weiße Hand über die Augen:

Sie waren zufrieden, und fromm. Sie hatten von allem. Erde, Wasser, Gruben, Gerät.

Das *Volkseigentum,* sekundierte er.

Sie wußten nicht, was sie hatten.

Flick schwieg verblüfft und grinste die Greisin an. Hat es ihnen denn keiner gesagt?

Unentwegt, sie sprachen ja nur davon! Es war ihnen *gleich.* Sie haben sich nichts draus gemacht. Sie haben es nicht besessen.

Sie hielt ein Brikett in der Hand und warf es zurück in die Grube, wo es versank. Dumme Hunde! dummes Volk.

Als sie solche harte Wahrheit aussprach, begann der Alte sich zu ängstigen bei dem Verhör und fragte scharf:

Und was ist aus ihnen geworden?

Es ist alles untergegangen. Eine versunkene Welt.

Das leuchtete rein technisch ein. Er hatte Bagger in den Abgrund rauschen sehen; es fuhren auch Gesellschaften in den Orkus. Eine Havarie großen Maßstabs, ein komisches Unglück oder, gelinde gesagt, ein Desaster. Er spürte den Impuls, eine Notmaßnahme zu treffen und zum Vorschlaghammer zu greifen. Doch als er aufstand und sich über die Böschung beugte, wurde er gewarnt: Vorsicht. Kümmere dich nicht darum. Das ist gefährlich. Schau nicht hin, sonst wird man dich für einen Ewiggestrigen halten.

Die Erscheinung war, nach einer geschwinden Rolle vorwärts am Geländer, auf den See gelangt. Sah sie den Grund? Flick hielt seinen dicken Kopf und dozierte:

Ich war dabei, bei der Flutung. Von der Kippensicherung bis zur letzten Rütteldruckverdichtung. Man muß mir nicht sagen, was ich gemacht hab.

Nichts anderes, rief sie. Nichts Besonderes, alles wie immer, aber fromm. In der *besseren Welt!* (Und, nicht zu ihm hin, in die Tiefe:) *Die* Dummheit wird bestraft.

Sie ging bei diesen Worten bis zur Hüfte unter; Flick bemerkte den Vorfall und griff nicht zu, sondern sagte kalt und entschlossen:

Rollen muß es!

Aber die Worte gurgelten nur aus der Kehle, an der sie ihn faßte; als wenn er selber im Wasser wäre; und wirklich sah er die Strosse und auf ihr die vermummten Wesen, die an der Arbeit waren. Es fiel ihm auf – und seine Haare sträubten sich –, wie sorglos sie sich bewegten, zufrieden in ihrer mürrischen Meute. Er wollte sich unter sie mischen, denn gleich und gleich gesellt sich gern: wie man zynisch sagt, wenn man draußen steht (und das war sein Fall). Nur waren sie mit sich beschäftigt und, ehrlich gesagt, ein wenig vermodert und verwest in den Wattejacken, dem Tagessoll; eine Urgemeinschaft, die weiter kämpfte und Rekorde fuhr. So *schlicht und ergreifend* ging es zu, daß man meinte, Gespenster aus der Zukunft zu sehn.

Du warst dabei, sagte die Stimme leichthin. Aber du warst nicht bei dir. Du warst bei der Sache. (Nun klang es wieder wie Singen:)

Was unterscheidet
Mensch und Natur?
Sie webt ihr lebendiges Kleid
Er zerreißt es
Und trägt die Flicken
Ab, seinen Staat.
Es zählt der Sieg.

Ein eiserner Strom
Kostet sein Leben
Es schmeckt nach nichts
Und arbeitslos
Seine Seele
Sucht die halbzerstörte
Geduldige
Ernährerin.
– Und frohlockend: Auch diese Seen, die großen Seen sind tot, wo kein Bächlein fließt.

Flick starrte auf den Bernstein, in dem, wie Insekten, jene Gesellschaft eingeschlossen war. Um sich an etwas Begreiflichem zu halten, hangelte er einen Gegenstand aus der Brühe, den jemand weggeworfen hatte; es war eine einfache, aber noch brauchbare Schaufel, Blatt und Stiel, die er im Arm hielt.

Da hast du, hörte er sie lachen, was du brauchst. Halt sie fest, deine Geliebte.

Er drehte sich auf seinen zwei Beinen herum. Es war wohl eine von den Frauen, die mittags hier umgingen, seit die Arbeit beendet war. Er hatte sich (wissen wir) um ihre Not nicht gekümmert, wenn sie nicht auf Geräten saßen. Er hatte ihnen beim Stillstand beigestanden (nicht beigelegen). – Der Zorn trieb ihm plötzlich Tränen in die Augen, als hätte der See sein Almosen nötig. Er flennte in seine Hand. Das Naturereignis schien ihr zu behagen, und sie faßte ihm ins Gesicht. Und was, fragte er nach:

Was ist der *Grund?*

Sie dachte nach und blickte auf irgendwelche Schätze, die unten schimmerten, und er hoffte wunder was zu hören, aber dann sagte sie nur:

Der Grund … ist die Arbeit.

Er lauschte, wie im Fieber erregt. Das war das große Geheimnis? – Welche Arbeit? fragte er.

Da hast du die Frage gestellt, erwiderte die Frau.

Sie machte ein paar Schritte und blies den Atem über den Spiegel, wie um auf dem Riesenweiher zu experimentieren. Er füllte sich mit Dampf und Nebel, in den die Abendsonne einzog wie ins köstlichste Gewölbe.

Kein Volk verzweifelt, sagte sie, *und sollt es auch lange Zeit nur aus Dummheit hoffen, so erfüllt es sich doch nach vielen*

Jahren einmal aus plötzlicher Klugheit alle seine frommen Wünsche.

Sie ging nicht etwa, wie er befürchtete, ganz ins Wasser hinab, sondern auf dem weißen flirrenden Beton in die rekultivierte Heide.

Vierundzwanzigstes Kapitel
verfolgt Flicks Taten bis ins Gefängnis Luckau sowie Lutens Ab- und Weiterleben

An einem langen Sommertag hatte sich Flick auf seine Art zu schaffen gemacht und ein brachliegendes Grundstück in Angriff genommen. Es war ihm mit seinen Dornen im Auge gewesen, seit die KULTURBARACKE umgewidmet und dem Verfall preisgegeben worden war und die Käuferin sie hatte abreißen dürfen. Weiter war deren Vorhaben nicht gediehen. Er hatte es mit ein paar langjährig Freiwilligen systematisch umgestaltet: zu einer Wandelhalle (unter bedeutenden Bäumen), wo diejenigen dann weiter wandeln konnten. Damit hatte man sich am Eigentum vergriffen, welches dieser Kuh gehörte. Dies war nun eine unantastbare Sache, wie nicht einmal das Leben. Der Kadi sah sich den Fall an und verstand ihn bis in die letzte Regung, wollte aber die Untätige nicht heraushaun (aus dem Grundstück) und hielt sich an den Täter. Er entschied, ihm Arbeit *in Luckau* zu schaffen.

Darüber ist dort im Gefängnis Buch geführt worden, aber nicht hier (weil mein Buch in Freiheit entsteht). Die Aktenlage zeigt, daß er trotz seines Alters ein gutes Quantum absolvierte, ja er soll den Brüdern etwas *vorgearbeitet* haben und in dem schönen Knast (: wo Liebknecht einsaß; *Das Luckauer Zuchthaus diente ... der Großbourgeoisie als Verbannungsort für unbequeme Gegner,* Tourist Reisehandbuch Lausitz, o. Verf., Berlin/Leipzig 1985) alle Rekorde gebrochen haben, im einarmigen Reißen, wie, (sie haben jedenfalls nicht Spreewaldgurken gezogen) (vielleicht die Kisten dafür genagelt). Ich weiß nicht, ob man ihm den Einsatz gedankt hat. (Oder Munitionskisten.) Er sang wohl jeden Abend Liebknechts *Zuversicht:*

Ob sie uns auch zerbrechen –
Sie beugen uns doch nicht
Und eh der Tag vergangen
Stehn wir frisch aufgericht'.

Der Enkel war unterdessen verurteilt, bei der Mutter zu wohnen. Er war ein anhängliches Kind gewesen, das bis ins fünfte Jahr an ihren Brüsten gehangen, und auch die Nabelschnur, scheints, war erst zerschnitten worden bei der Scheidung, als er sich entscheiden sollte, welchem Elternteil er angehörte. Gerecht wie er war oder seit dem Tage wurde, wollte er keinem den Vorzug geben und zog als ein Nomade zu den Futterplätzen. Jetzt lag er Bärbel auf der Tasche, in der nicht viel war. Es dünkte Luten, er wäre auch in Haft genommen, denn alles war hier neu geregelt und geordnet. Ein Kalfaktor stand in der Küche und bestimmte, was auf den Tisch kam, das teure Gemüse oder der Straßenrand. Ein Zahlmeister wies an, was sie einzuheimsen oder auszugeben hatten, auf Heller und vor allem Cent. Noch die Picassos an der Wand waren abzurechnen. Jetzt fand ein Wachmann heraus, wieviel Wohnraum *angemessen* wäre, und wer mehr m² mit seiner Wenigkeit belegt hatte, sollte die Suite wechseln. Das war ein offener Vollzug, in dem Sozialstaat, dergestalt, daß man versorgt und verelendet war. – Bärbel hatte gegen die Räumung eingesprochen, aber man hatte der *Alleinerziehenden* aus den drei Zimmern Parterre einen Strick gedreht. So war sie niedergeschlagen (von dem Amt) nachhaus gekommen, und kein Mann hatte sie wieder aufgerichtet. In dieser Angst saß sie nach Mitternacht in der Stube und sprach dem Alkohol zu, weil auch der Junge kein Mann wurde. Der Schlingel lag so unbekümmert in der Buchte, und schlief: daß es die Arme rechtschaffen empören mußte, zumal sie in ihrem Rausch zwei dergleichen sah, die sie erhalten sollte. Da lag ihre Sorge / ihre Freude, und sie wußte nicht, wie mit all dem fertigwerden.

Dann hatte sie das lange Küchenmesser in der Hand. Sie wunderte sich, wie weich das Fleisch war, in das die Schneide unter dem Kehlkopf hineinfuhr, und wie still der Junge war, der, als sie das zweitemal zustechen wollte, *die Attacke abwehrte* und in das Messer griff, das ihm in den Daumen schnitt; *seine Schmerzensschreie brachten Bärbel F. zur Besinnung. Die ebenfalls in der Wohnung schlafende 13jährige Tochter bekam laut Polizei von der Tat nichts mit.*

Als sie merkte, was sie getan hatte, kümmerte sich die Frau sofort um den Verletzten, alarmierte den Notarzt und stellte sich. Sie gab an, aus Verzweiflung gehandelt zu haben. – Luten aber, als er so arg aufgestachelt in das Messer faßte und den Arm der Mutter, begann eine Arbeit, vielmehr sah sich in ihr begriffen, eine große (wie er sofort wußte) lebenswichtige Arbeit, bei der er alle Kräfte, alle Sinne mobilisieren mußte; denn er allein, weil der Großvater nicht zur Stelle war, konnte helfen in der Not, bei der Havarie im Haus! Er spürte seine (schwachen) Muskeln, und der Schweiß floß ihm am Leib, als er unermüdlich, unverschämt mit dem Unglück rang; und er, anders als der Alte, sah die *hilfsbedürftige* Frau an (welche, *da ihr die Ermittler glaubten*, später *nicht dem Haftrichter vorgeführt wurde*), sah ihr ins Gesicht, das schreckverzerrt über ihm verhielt, mit schwarzem aufgerissenem Mund und weißen nassen Backenknochen – bis sie auch ihn erblickte, wie er sich umtat, und zurechtkam in dem Unglück, er mußte ihm nur auf den Grund gehn, und sie umarmen mit aller Kraft.

Wo er, erschöpft (in seinem todähnlichen Zustand), beruhigt merkte, wie ihn der Großvater auf die Schultern lud und, als der Morgen strahlend aufging, in die Wüste (: die Weite) trug; er hat, wenn er die Verwundung überlebte, noch wohl gute 60 Jahre, Werke und Frauen erwarten ihn, in lieblicheren Stellungen. *Und frische Nahrung, neues Blut* / Lern harmlos lesen / Enkel; die Blättlein / Rieseln, nach schönen Tagen / Ein Freudenelend / Ist das Leben

Drittes Buch

Fünfundzwanzigstes Kapitel
überliefert einen der größten Kinderstreiche erwachsener
Männer (im hängenden Garten von Horno)

Wer kann sagen, ob nicht die große Abrißarbeit im
Osten, die Fabrik um Fabrik dem Boden gleichmachte,
im Unterbewußtsein der Arbeiterklasse als ebenso ho-
her Punktsieg gefeiert wird? Über die Fron der Frühschicht, über Norm und Genörgel, Akkord und Rekord,
die lebenswierige Mühle. Wird den alten Lümmel, der
nun auf der Couch liegt, ein Dr. Freud zum Schwat-
zen bringen, um seinen schweren Fall zu therapieren?
Sieh da, es war die Stunde, die Lohnarbeit auszurotten,
die gleichförmige, stumpfsinnige Kläche, und wo man
jammernd vorgab, das *Werk seiner Hände* wegzureißen,
schlug man nur grimmig den Kerker in Klump. Wie ein
Kind, das die Sandburg mutwillig zertrampelt, es kann
eine neue kleckern, so stieß das Räumgerät gegen die
Klinkermauern und annullierte die Gründerjahre. Hatte
man nicht auch den Staat demoliert und abgetragen?
Von solcher Tagschicht würden die künftigen Zeiten
träumen.
Für die Niederlausitz fanden sich Interessenten, die sich
das Schwarze unter den Nagel rissen. Die LAUBAG klang
(im Anlaut) noch heimatlich, und VATTENFALL (: Was-
serfall) gediegen wie Schwedenstahl. Zumal das ge-

krönte Haupt dort bis vor kurzem den Titel trug: König der Schweden, Goten und Wenden. Man ging also strekkenweise der Arbeit nach, oder *flächenweise*, wie die Kohle vor aller menschlichen Mitsprache eingelagert worden war. Und auch heute wird die nicht gewährt, und was sich über ihr breitgemacht hat, hatte nur die Wahl zu weichen. Das sorbische Runddorf Horno zum Beispiel mit seinem Berg, seinen Eichen und ca. 300 Seelen, die überbaggert wurden. Es wehrte sich lange, sein Scherflein zu bringen (das sich dann als lauter Lehm und Stein erwies). Als aber schon alles um- und numgestürzt war, wohnte noch ein letztes Paar auf der Insel, das zu alt und kinderlos war, als daß man es hätte fett abfinden können. Es saß wie Philemon und Baucis in seiner stabilen Hütte, nicht mit Geld und guten Worten zu bewegen. Der ganze Konzern wurde aufgehalten und war nicht vermögend genug, das Hindernis zu beräumen. Denn die Domains hielten sich mit »einstweiligen Verfügungen« im Land; doch auch eine dauernde Vergnügung rankt sich um die Behausung. – So rufe ich denn Flick von L. vor Ort, und er fragt:

Was liegt an?,

weil, man fand keinen andern für den Einsatz. Nur Flick war der harte Hund, der hier zupacken konnte. Er kam eben zurecht, um die Mahnwache zu erleben, die vor dem Dorf aufgezogen war, zwei Dutzend Bergarbeiter, die um ihre 6000 Arbeitsplätze fürchteten. Sie hatten sie soweit gesichert, daß ringsum alles devastiert worden war, und Flick gewahrte nur Schutthaufen, die einmal

Scheune, Schule und Kirche dargestellt hatten. Die einzige *Bleibe* und ein Obstgarten trotzten den Schrappern hinter dem Maschendraht. Der Fachmann merkte, daß sich hier Eisen in Eisen gefressen hatte, und keine verlängerte Rohrzange würde das Gewinde auseinanderbringen. Da es sich nicht um Maschinenschaden, sondern um Menschenmängel handelte, mußte er die Sache von dieser Seite betrachten. Er stieg auf einen Abraumkegel und lugte in den Hof: wo Herr Domän eine Handvoll Pflaumen aß und die Kerne über die Mauer spuckte. Eigene Ernte vermutlich, und der Garten hing schon halb über der Tagebaukante. Die weißen Wolken: der Rauch von Jänschwalde. Daß der Mann, nachdem die Süße der Heimat so ganz vergällt worden war, noch immer an seiner Krume haftete, machte ihn zu einem phantastischen Grundbesitzer und Rechthaber, dem man die Begriffe stutzen mußte. Flick warf nun auch ein paar große Steine gegen das aschblaue Brettertor, und die Hühner flatterten auf, aber der Alte verblieb in seiner Domäne. Verhandeln war nicht in seinem Plan. Man konnte nur staunen über das Stehvermögen (denn man sah nicht, wie dem die Knie zitterten), und die Kumpel, die sich müde gestanden, rüsteten zum Rückzug und gaben, wie in der Gewerkschaft gewöhnlich, die Sache verloren. Flick mußte es also allein vollenden. Als er aber allein vor die dunkle Festung schlich, sah er im Mondlicht die Alten durch den hängenden Garten gehn, der verzweifelt verblühte und seine wohlschmekkenden Früchte austrug. Gebeugten Gangs, aber wie es zum Erntedank heißt: *und deine Fußstapfen triefen von Segen.*

(Ah, der Erde Segen ist so groß …)

Da war nicht gut parlamentieren – sein dürres gegen das strotzende Argument – , zumal er ein Mitleid spürte, das ihm den Hals verschnürte. Dem mußte er gegensteuern, und er charterte einen Bulldozer, welcher auf der letzten Straße hielt. Der Fahrer, den Feierabend erwartend, war nicht für die Überstunde zu haben, aber leicht zu einem Abenteuer verleitet. Flick sprang mit auf den Bock, und:

Holla, Halunke,

besprach er sich mit Domän,

jetzt gehts ans Eingemachte!

und mit der einen Hand ins Steuer greifend lenkte er das Gerät gegen das Grundstück. Gleich war der feste Zaun durchbrochen, und das Planierschild senkte sich auf den Boden und rammte einen altangestammten Baum, der (gleichfalls) nicht daran dachte nachzugeben. Er sträubte sich, *bäumte sich auf* und stand zerknirscht und zersplittert, bis ihn das Schild aus der Erde schob. Die Besitzer stürzten herbei (ohne Gehör zu finden), der Motor heulte nur lauter, denn die Maschine mengte sich in die Mischpoke, Kirsch-, Birn- und Apfelbäume. Der Reihe nach gerodet. Ein Krepel, den er am wenigsten achtete, schlug Flick vor die Brust, die einen Schwall Blut ergoß; Flick heulte nur lauter … Als der Scheinwerfer die beiden Alten erfaßte, sahen sie sie verrenkt wie zwei Bäumchen, vom Dreck umloht, das Harz rann aus ihren Augen. Sie aber hingen wie Kinder in ihrer Karrete und lachten Tränen. Der junge Planierer und Plattmacher hatte schon gewaltigen Spaß gehabt, auch der Kirchturm hier hatte dran glauben müssen, aber dies war das plattste Vergnügen. Das *plötzliche Baumsterben* in Horno. Um Mitternacht lag die Gemeinde, oder kniete, mit blinkenden Äpfeln am Boden, allzu rohe Ernte, von Idiotenhand. Und auch Domän war auf die Knie gesunken, und wir wissen: da war nicht nur das Holz, dem war das Herz gebrochen. Nun konnte der Möbelwagen kommen. Er würde bald auf der Zwei-Meter-Sohle liegen. – Die Sonderschicht wird im Gedächtnis bleiben, der säuische Einsatz (auch wenn der Konzern von einem *Versehen* spricht), und in der Heimatkunde behandelt werden. Das alte Paar aber soll, nach Jahren und Tagen, wenn das Land ergrünt, wieder Wurzeln schlagen, eine knorrige Eiche, eine sanfte Linde: so sage ichs, und so wird es geschehn.

Sechsundzwanzigstes Kapitel
auf dem kein Segen liegt und in dem die Toten
aus den Betten müssen

Als es Flick noch einmal an den Ort seiner Untat trieb, und das unschuldige Luder durfte ihn begleiten, fanden sie die Stelle gar nicht wieder. So groß und ungeheuer war die Wüstung. Der Raum und die Zeit vollkommen ausgelöscht, und nicht etwa keine: sondern zu viele menschliche Spuren waren geblieben. Sie hockten sich in den Abraum, und zur Unzeit, sich weiter was von Äonen und Erdentagen zu sagen. So blieben sie schweigend Philosophen. Es kam ihnen aber im Sand und Lehm eine merkwürdige Fuhre entgegen, die doch zu denken gab, und Flick konnte nicht umhin, sie aufzuhalten. Eine Art Dampfwalze, die zwei Hänger hinter sich herzog, welche mit hochgestapelter Last über dem unebenen Boden schleuderten. Ihm schwante, was sie sich aufgeladen hatte. Denn eine Arbeit war in dem Unort noch zu erledigen: nach dem Abzug der Lebenden mußten die Toten beiseite geschafft werden (denn die waren die Hinterbliebenen). Den Angehörigen grauste vor dieser Begegnung, mit ihren längst gegangenen Leuten, die noch weniger (als sie selber) einsehen mochten, daß sich ihre Lage ändert. Also hatte man unbeteiligte Kräfte gedungen, die Rückständigen umzubetten. – Diese (Kräfte) sah Flick nun an und fragte zur Sicherheit:

Was fahrt ihr da?

Was nicht mehr laufen kann, Mensch.

Flick mußte lachen, und Luten starrte so neugierig auf die Sperrholzkisten, daß er ihm zu Gefallen ein Brett abhob, um ehrfürchtig hineinzuschaun. Auch Luten streckte schaudernd den Kopf vor und sah dann verzagt den Großvater an, der seinerseits sagte:

Ist das alles?

Mehr war nicht (kam die Antwort). Mehr war nicht drin.

Von dem ganzen Mann?

Von Leib und Seele.

Der rohe Ton verdroß den Alten, und er fragte nach:
Und wo habt ihr die Seelen?
Die Seelen? (sagten die Grabräumer): Die sind durch die
Forke gerieselt.
Nun war es Luten, der lachte, und sie präzisierten:
Das war nicht der Auftrag. – Die haben wir nicht gefun-
den.
Diese Gleichgültigkeit erbitterte Flick. So kannte er
seine Leute. Er zog sich, mit einem Arm, auf den Wagen
hoch und machte eine Durchsicht.
Gott verdamm mich!
hörte man seinen Befund. Er hatte im ersten Sarg zwei
Schädel entdeckt, im nächsten nur Knöchelchen. Schlam-
perei; er konnte der Spedition nicht den Segen geben.
Sie hatte es aber plötzlich eilig, und das Walzwerk setzte
sich in Bewegung und fuhr so schnell durch die see-
lenlose Landschaft, daß die Hänger fast umkippten und
die Kisten in einem Totentanz sprangen. Ein Entwäs-
serungsrohr, das die Wüste querte, stoppte abrupt die
Flucht, und die Fracht schlug krachend herab, die Gebeine schlockerten und Köpfe und Knochen hüpften
über den Boden. Die waren zum andernmal aufzule-
sen, und die unausgebildeten Hilfskräfte und 1-Euro-
päer hatten alle Hände voll zu tun, die Ressourcen zu
sichern und zu sortieren, um sie im Forster Nordfried-
hof zu erstatten. Das Luder ging ihnen zur Hand.
Essen und Trinken hält Leib und Seele zusammen,
hörte er einen, den sie Flachmann nannten und der eine
Flasche herumgab.

Flick ließ die Tölpel die Knochenarbeit machen und gedachte der Seelenarbeit, die dem Experten blieb, denn das waren zwei oder drei Generationen von Bauern und Arbeitern, die zusammenzuschrauben und zu -glauben waren in ihrer ganzen (Seelen)größe. So begann also sein Einsatz, für die Seelen, der in seinem Schichtbuch verzeichnet ist. Die hatten mehr Boden bearbeitet und unter mehr Himmeln gedient und Blut und Schweiß vergossen, diese eingedeutschten Sorben und gewendeten Deutschen, Ackerbürger und feldgrauen Aktivisten. Ihr Wesen, schwer wie es ist, war wohl tief hineingesunken, und andrerseits zu flüchtig, um sich nicht zu erheben! Diesem Elend, den Hoffnungen mußte nachgegraben werden oder anders nachgeblickt. Da war wenig abgegolten, denn die Geschichte löhnt nur immer den Lebenden, die am dringlichsten betteln; die Außenstände bei den Gestorbenen, die keine Stimme haben, werden nicht abgezahlt. Er mußte die ganze Menschheit hervorwühlen, um die Toten zu befreien von ihrem Kampf und Kummer, ihrem Dulden und Ducken, ihrem ganz vergeblichen Schweigen.

Wie Luten den Meister so besinnlich und gesammelt sah (denn er hatte die Seelen um sich versammelt), erkannte er seine kühne Art, *am Leben zu sein* oder tätig zu sein und (mag man es auch komisch nennen) das Unglück der Welt zu beheben, das die Umbetter eben verursacht hatten. Gegen ihre Niedertracht, wie glänzte sein Übermut! Während sie wieder Masse machten und, ohne Ansehn der Person, ein Quantum scharrten, suchte ihm

Luten gewissenhaft, und gerecht wie er war, die ganzen Gestalten zusammen und wollte kein Schlüsselbein, keinen Fußknöchel auslassen, so wie sie im Leben wahre Krüppel und Schratte gewesen. Flick hatte an diesem göttlichen Plan Gefallen (obwohl Gott sich mit dem hornoer Lehm begnügt hätte), so viele vollkommene Geschöpfe zu montieren, denen er Nachleben einblies. (Es war auch ein frischer, beinahe noch warmer Leichnam dabei, der sich unter die Gerippe geschlichen hatte, ein Hilf- oder Obdachloser, der wohl dachte, billig davonzukommen. Sie wußten ihn nicht einzuordnen und rätselten, ob er ein Recht auf das Bett erworben oder die Abräumer einen der ihren untergebracht hätten.)

Unterdessen hatten sich die Wachmannschaften genähert, die das Bergbauschutzgebiet verwesten, und um seine Unschuld zu beweisen, schlug plötzlich der Flachmann auf Flick und das Luder ein, und die anderen Schaufler auch mit solchen Schaufeln und Hacken, als wollten sie zusätzliche Knochen beschaffen. Der Meister, in Gefahr, selber zu verunfallen, und sein Gehilfe setzten sich mit Schambeinen und Schädeln zur Wehr, die sie auf die Wütenden warfen. Die Wachmänner, als sie das Pack überwältigten, wußten kaum Beine und Gebeine zu sondern und verbrachten die einen in die Kisten, die anderen in den Kastenwagen, wo jedwede Partei der Dinge harrte.

Siebenundzwanzigstes Kapitel
von den Glücklichen Arbeitslosen

Eine berliner Arbeitsagentur wurde von einer Horde besetzt oder besucht, die ganze Stapel Bewerbungsbögen kopierte, unleserlich ausfüllte und in den Abfalleimer entsorgte. Zur Rede gestellt (begrüßt: würden die Eindringlinge sagen) vom Amtsleiter, wurden sie nicht weiter vorstellig und beschämten auch die Beraterinnen, weil sie sich gar nicht raten ließen. Hingegen forderten sie die Wartenden auf, nicht sinnlos herumzusitzen und sich ihrem *Müßiggang* anzuschließen. Tatsächlich hoben zwei oder drei ihren bekümmerten Hintern, winkten den andern schwach zu und wanderten mit hinaus, um dem Tag einen Sinn zu geben. Die Beamten blickten bleich der Erscheinung nach, des Neuen, dessen erste Gestalt der Schrecken ist.

Flick, unser glückloser Arbeiter, nur aus Gewohnheit noch in Bereitschaft, lief direkt in die Fachschaft hinein, die auf dem Alexanderplatz haltmachte. Er hatte dergleichen Haufen öfter beobachtet, es mußte sich um einen hartnäckigen Schaden handeln. Er fragte ein wenig scharf, was denn anliege, und die Kollegen wandten sich ihm freundlich zu, ohne Antwort zu geben, und er sah selber nach, ob das Geländer, an dem sie lehnten, oder die Container, in die sie griffen, defekt seien. Man zeigte keine Ungeduld mit ihm, studierte das Bier und ließ die Seele baumeln, als wenn Zeit kein Geld wäre und Geld nicht glücklich machte.

Wo haperts, fragte er streng: wo hängts denn?

Luten, den wir faul hinzuziehn, ermahnte ihn:

Laß sie. Die hängen herum.

Arme Schweine, traurige Typen,

sagte der Alte, aber Luten, der genau hinsah, ergänzte:

Und fröhliche. Glückliche!

Es ist ja ein Faulenzerkapitel; und ich werde das Schreiben jetzt nicht in Arbeit ausarten sondern, ohne mich zu erheben, an meinem Tisch, über die Leute! die Beteiligten selber reden lassen. Ich erkenne nämlich an der Spitze der Bewegung den berühmten Gijohm Paoli, den Korsen, der einen Feldversuch zum vergleichenden Schmarotzertum in der EU unternimmt; gleichsam der Kopf der Müßiggangster. Er legte, in einem Papierkorb sitzend, seine Lehre dar: »Mehr Zuckerbrot, weniger Peitsche«. Da die wenigen festen Stellen, die es gebe, von Leuten begehrt würden, die partout arbeiten wollen, betrachteten sie es als ihre altruistische Pflicht, sie ihnen zu überlassen und selbst auf die Mangelware zu verzichten. Die Stütze nähmen sie bedenkenlos als willkommene Subventionierung ihres gemeinnützigen Daseins an.

Wie denn, fragte Flick: nützen, ohne was zu tun?

Wer spricht denn davon, fragte Paoli: wir haben Spaß im Bunker. Der Glückliche Arbeitslose sei ein aktiver Mensch. Grad deshalb habe er keine Zeit zu arbeiten.

Diese Aktivität konnte Flick gar nicht entdecken, weshalb er sie für gewöhnliche Arbeitslose hielt, die nichts mit sich anzufangen wußten. Paoli aber bestand darauf, daß man was tue »(ja: ›tue‹ und nicht: ›produziere‹ und nicht einmal: ›mache‹)« – was nur nicht im Sinn der Erfinder sei. Es gehöre eher der künftigen Menschheit an, die Marx im Auge hatte: alswelche zu einer Zeit fischt und angelt (im Container), zur andern Zeit zeichnet und malt (mit der Spraydose) und wieder ein andermal Dame spielt (mit dem Büchsenbier). Sie seien wahre Neuerer, neue Menschen »auf der Suche nach unklaren Ressourcen« (wie nicht anders ich). Bedauerlich nur, daß man in den Bibliotheken nicht übernachten könne und sonntags in die Kirche übertreten müsse.

Er bemerkte Flicks ungläubiges Staunen und predigte nebenher, ohne ihn anzusehn oder seine Kritiker erreichen zu wollen (so, nun Faulheit, schreib ab):

Ich gehe davon aus, daß das Individuum handeln kann. Sei es nur, wenn es dem, der ihm eben den Spielraum verweigert, eins auf die Fresse gibt. Kampf ist angesagt!

Seine Kritiker fragten nach:

Das nennt ihr Glücklichen … Arbeitslosen … kämpfen?

Wir kämpfen die ganze Zeit,

lächelte der kleine Korse, auf dem Kübel kippelnd. Nur wer äußerst sanft sei, könne die nötige Härte erzeugen. Nur wer sich im Gegner vollständig auflöse, kenne dessen Schwäche und könne ihn zerschlagen. Die Gelassenheit machts … Und er zog die Schultern ein, die chinesische Kampfart Neijia demonstrierend, die ausschließlich auf 2 Prinzipien beruhe: dem Nicht-Tun und der Ausnutzung der Fehler des Gegners.

Nein-Ja,

formulierte Flick den Zweifelsfall nach, und Gijohm Paoli rief *mit gebührender Langsamkeit und ruhigem Fanatismus:*

Wir warten den Gegner ab.

Der Satz lag Flick quer im Ohr und ging aus dem andern nicht heraus, so sehr er den Finger hineinsteckte; und er wußte nicht, wie der Einsatz verlaufen sollte.

Wir legen Wert drauf, Form und Inhalt übereinstimmen zu lassen und Protest als Lust zu gestalten. (O ja, stimmte ich dem Vorsager zu.) Festessen, kollektives Streunen, ständiger Szenewechsel – bald da, bald dort aus der Unterführung auftauchend könnten sie ihre Ansichten von verschiedenen Standpunkten aus prüfen und vermeiden, auf einem zu beharren. Es gehe darum, ein Jenseits flüchtig zu vergegenwärtigen. Da werde selbst die Wiederholung zum Verhängnis.

Er schwieg, um sich nicht zu wiederholen, aber Flick, der dem alten Standpunkt verhaftet war, brachte aus tiefer Seele heraus:

Die Müßiggänger schiebt beiseite

– so lautete das Arbeiterlied; er schob sich also gegen dieselben, da sie aber auswichen, »ausweichen und ausweichen, bis der Gegner sein Gleichgewicht verliert und in die Position gerät, in der wir ihn mit minimalem Aufwand, geschickt und graziös, neutralisieren können«, lief er ins Leere, und Paoli fügte ihm zu: daß sie keinen zu seinem Glück zwingen. Nun zeigte sich aber, daß gerade die Ungezwungnen die Argumente aufleckten. Luten, der Paoli am Maul hing, maulte bald ebenso, von der Muße, die den Menschen mache. So sehr er den Großvater liebte, er hatte jetzt seine Brigade gefunden, diese Spaziergangster und Partysanen, die *zum Italiener* zogen. Sie ließen sich gesellig im Lokal nieder und bestellten ein Essen, ohne in die Karte zu gucken. Der Wirt, ihr unlauteres Lärmen begreifend, schwankte, welche Antipasti oder Gegenmittel er einsetzen sollte, und entschloß sich, sie von der Streife bedienen zu lassen. Da sie aber friedlich an den Tischen saßen und mit Messer und Gabel umzugehen wußten, waren sie von den übrigen Gästen nicht zu unterscheiden, und man mußte alle auf den Hungermarsch schicken. Die Taktik bewährte sich, bei solchen Unfällen einfach weiterzuwandern, und auch Luten entkam glücklich, während Flick sich zu den Einsatzkräften stellte. Die sich seiner annahmen, als hätte er den Schaden oder sollte ihn haben, und ihn festnahmen, festschraubten (als wäre er ein kaputter Typ), zusammenstauchten und zurechtbogen. Als sie ihm Handschellen anlegen wollten – und er nur 1 Arm aufwies –, durfte er den unsachgemäßen Umgang monieren; mit der elenden Maschine, die ein alter Mann ist, dem ich nicht aufhelfe, weil ich die Szene wechsle und das Papier hier unbeschrieben lasse

Achtundzwanzigstes Kapitel

das sich bei der Vorrede aufhält, bevor es zur Sache kommt: die noch ganz unklar ist; denn die Zentrale, eine Hauptverwaltung der Wahrheiten, befand sich in Auflösung, und nicht nur die Nutzlosen wie Luten, ganze Banden und Gangs von Markt-strategen und Datenpiraten trieben durcheinander, und die alte Vernunft war kaum wiederzuerkennen. Wie den Zusammen-hang denken, vor allem: wie stellen ihn unsere Handlungen her? So fragen die Philosophen, die wissen, daß sie die Phäno-mene immer erst denken, wenn ihre Abenddämmerung ein-bricht, und wir Schlafmützen sind in bester Gesellschaft. Die Schrift der Geschichte, von den Kämpfen eingeritzt, sind die historischen Narben, doch ihre neuen Züge kennen wir nicht; sonst wäre sie ein vorherbestimmtes Geschehen und keine Ge-schichte, und unser Hudeln wäre ihr gleich und alles Balgen ver-gebens. Aber gerade die scharfen Schnitte ins Fleisch verändern ihre Visage, der Tritt vors Knie stoppt ihren viehischen Gang. In diesen Zeiten, der Schwäche (: bei Unfällen, sagte sich Flick), kam es nicht auf den ganzen Satz Werkzeuge an, sondern auf das eine richtige. Welches paßte im Augenblick? Wie es bei Brecht heißt: »Es ist alles da, aber alles ist zuviel. In den Zei-ten der Schwäche ist vieles wahr, aber es ist gleich wahr; ist viel nötig und kann weniges geschehen; der Ausgeschaltete ist in Ruhe versetzt und hat keine Ruhe.« Unser Mann sah dem Me-chanismus zu, der sich in eine Mega-Planierraupe verwandelt hatte und, alle Schranken niederreißend, auf der schiefen Ebe-ne des globalen Lohngefälles über die Kontinente fuhr. Da war kein Halten; so daß, je üppiger die Quellen des Reichtums spru-delten, die Landschaft um so ärmer wurde. Das Elend breitete sich wie ein Ölfleck aus, und wenn irgendwo 200 Empörte, die

entlassen werden sollten, obwohl der Konzern schwarze Zahlen
schrieb, alles kurz und klein geschlagen hätten, würde der Gewalt-
ausbruch einen Flächenbrand ausgelöst haben. Denn überall gin-
gen die Lampen aus, und es war gefährlich, das Volk an den Mor-
gen zu erinnern, an dem der mächtige Strom durch das Werktor
zog, wenn die Frühschicht begann.

Man darf dem Volk nicht sagen, daß es Tag wird.
Seine Kolonnen erbeuten die Dämmerung
Arretieren Messer und Meißel und werfen Motore an
Und entfesseln den Draht und das dunkelste Eingeweide.

Die Penner erheben sich von ihren Pappen verkleidet
Als Müllmänner, sie spähn in die leeren Hallen
Und schnappen sich liegengelassene Lötkolben
Und ziehen drei Schichten ein ins Bodenlose.

Schon rosten die Tage nicht mehr, zerrissen die
Nichts sagende Zeitung, gebraucht
Wird der große Lümmel, für nichts
Und wieder nichts hält er den Fetzen Hoffnung hoch.

Neunundzwanzigstes Kapitel
berichtet von einer Tagung, die bis in die Nacht geht

ICH ARBEITE, ALSO BIN ICH :so kurz angebunden
hing das Motto im Saal, und die Redner hielten sich
daran fest. »Die Gesellschaft findet nun einmal nicht
ihr Gleichgewicht, bis sie sich um die Sonne der Arbeit
dreht.« – Es war aber Regenwetter, und schwarze Wolken zogen vor das Zentralgestirn, und jeder Hund war
froh, in einer Hütte oder Doktrin zu sein. Unser Mann
war eingesetzt, zwei Tage die Speikübel zu leeren (wie
ich formuliere) – ein 1-Euro-Job, der das Thema nur wenig verfehlte. Er stand billigerweise an der Tür, und seine
ganze Wissenschaft war, das Wasserglas auf das Pult zu
setzen und die Aschenbecher zu säubern. Er sann aber
dem Motto nach und wußte nicht recht, ob er arbeitete
oder nicht und ob er also *war* oder nicht, und auch die
Teilnehmer, die herumsaßen, waren wohl in der Not, die
sie diskutierten. Es redeten viele nacheinander und all-
gemein: und nannten die Arbeit etwas absolut Gutes
oder Grundschlechtes, als hätten sie nie (im Regen) im
Gleisbett gestanden und (fluchend) zugefaßt! Ja sie behandelten sie – was nur ihr abstraktes Herangehen zeigte – wie eine Person, die den einen als edler Retter erschien, für die anderen eine alte Hure war. Derart schie-
den sich die Geister und sprachen ihr die Zukunft ab
oder zu. *Ich denke*, sagten sie (und das genügte Descartes,
um zu *sein*), ich denke, daß es mit ihr zuende geht! Ich
denke (waren die andern nun da), daß sie einen Auf-

schwung nimmt! Entsprechend hochsinnig und halbherzig war der Diskurs und zehrte vom besten Teil der Gesellschaft oder kaute den schmutzigen Rest.

Hier genehmigte man sich eine Kaffeepause, und unser Mann war beschäftigt, Streuselkuchen zu schneiden. Die Fraktionen standen beisammen und sahn ihre, untätige, Klientel sich zu irdischen Engeln entwickeln (mit dem alten Werkzeug in Händen, wie sie Ambrosius Holbein malte) bzw., überbeschäftigt, sich zum Affen machen. Hatte nicht Descartes (mische ich mich ein, der gleiche Descartes!) kolportiert: die Wilden dächten, die Affen verbergen uns, daß sie sprechen können, damit sie nicht arbeiten müssen? So wie die Sozialempfänger (redete man fort) ihre menschlichen Fertigkeiten verleugnen, um im Freigehege gehalten zu werden. Eine Rückentwicklung, millionenfach, die nicht ohne Folgen für die Evolutionstheorie sowie den Fortschrittsglauben sein wird. – So heiter zog ich mich und die Gelehrten sich aus der Affaire; und als es im Plenum nicht anders weiterging, blieb unser Mann vor der Tür und hing den eignen Gedanken nach. Er erinnerte sich der Sache (wegen der er sein sollte), ohne flugs eine Empfindung zu mobilisieren. Denn erst mußte er wissen, was anlag, sich anließ oder liegenblieb, bei der Gleisbaubrigade, der Weichenstellerin Elise (oder seiner Wenigkeit, dem Havarieexperten). Mal war es leicht, mal war es schwer, stupide oder lohnend; mal wie Sahne, dann wieder zum Kotzen. Es sublimierte sich ins Disponible, und mit den Beinen stak man tiefer im Dreck! Die Sache ließ sich nur

in ihrem Widerspruch begreifen, Mühsal und Lust, Stillstand Bewegung, Bedrückung Befreiung – und nur die,
die sie machten, konnten ihn würdigen. Sie war geteilt
und gemengt, aufgegeilt und heruntergekommen; nur
die sie verloren, konnten sie verwünschen. Er sah nach
draußen (in die längst ausgekohlte Grube), d. h. sah in
sich hinein, und in seinem Körper, in allen Fasern spürte
er sie / fehlte sie ihm. Wie war ihr / ihm zu helfen? Wie
war das zurechtzurücken? Er hörte aus dem Saallaut-
sprecher das *eingreifende Denken* tönen, was ihm, in seinem schlichten Gemüt, nicht ironisch klang, sondern
wie eine zupackende Formel. Das war sein Beruf gewesen: zuzupacken. Er griff also nach dem Werkzeug und
ahnte, wo er es ansetzen mußte … an dem Bruch, der
durch die Sache ging, die auf Touren lief und sich fest-
fraß. Er lockerte die Schrauben ein wenig (in meinem
Kopf, und fragte):
Was liegt an? Wo ist das Problem?
und befreite die Stelle, die ganz zugesetzt war, damit
das Denken zum Zuge kam. *Welche Arbeit hat denn Sinn?*
und: *Wie ist sie unter allen zu teilen?* Das waren Fragen, die
aus irgendeinem Grund nicht gestellt werden konnten;
den er nicht unter den Füßen fühlte … die Fragen stellen, hieß den Verhältnissen auf den Grund gehen. Was,
überhaupt, produzieren? Wie, generell, beteiligen? Ver-
nünftigerweise, gerechterweise! Er mußte den Enkel,
Luten, antworten lassen, der nichts draußen ließ und keinen überging. Der die Dinge auseinandernahm … während er sie mit der Brechstange, mit der Rohrzange *repa-*

rierte. Das sanfte, extreme Mittel, ans Ganze zu denken, würde an die Grundfesten rühren … Die Vernunft anwenden = die Verhältnisse umwerfen.

Wie er spürte, was er tat (indem er dachte), wurde er ganz ruhig wie bei jeder ernsten Arbeit. Es war schon dunkle Nacht, und man tagte noch, da wich sie aus dem Saal, in ihrer ärmlichen Fülle und allgemeinen Menge, während an ihr vorbeigeredet wurde. Sie wollte gleichsam ins Ungewisse auf die Straße oder irgendeine Brache, wo die Unruhigen, Arbeitslosen saßen und nach ihr verlangten. Unser Mann ging ihr nach, aber nicht gewohnt, radikal zu handeln, hielt er sich an Einer fest, die an der Toilette stand – und es war, tatsächlich, Elise, die Arbeiterin, die hier Einsatz machte (»Alles Scheiße Deine Elli«). Die alte Bekannte, bei dem letzten Job, den ihr die Agentur vermittelt hatte, und er sah ihre grauen Haare; und von Gier überwältigt, da er an die Arbeit dachte, verrückt und verloren griff er nach ihr und zog sie an sich. Sie schrie nicht auf, als er sie, wie es die Arbeit gewohnt war, *vergewaltigte*, im Stehen, der Fachmann, sie hielt den Dummkopf ihrerseits fest, der nie ein Auge für sie gehabt hatte, wenn er am Unfallort war; ihre ruhigen sachten Stöße bringen mich zur Vernunft. – Wie? was machst du, fragen meine Leser. Ich arbeite, also bin ich. – Die Arbeit, alle Arbeit war nun draußen, wo dic Unruhe wuchs, die Verzweiflung, das Verlangen, der neue Text.

Dreißigstes Kapitel
in dem keine Calauer mehr gemacht werden

Die Calauer nehme ich gern in den Mund, und es gefällt mir, mit ihnen zu reden, wenn es sich eben ... wenn es daneben trifft. – Flick sprach am Luckauer Tor einen Mann an, der rechtschaffen aussah, und wollte wissen, ob er Arbeit habe. – Ja, in Passau, sagte der Kerl. – In Passau? dachte Flick: das ist ein Passauer und kein Calauer, oder einer, der hier nicht mehr paßt. – Im Ratskeller bestellte Flick Quark mit Leinöl und ließ es sich schmecken und frug die geputzte Wirtin, ob sie eine Sorbin sei. – Nein, eine Serbin, druckste sie. – Eine Serbin? nun stockte er, weil das nur ein Wortspiel war, eine Wortgespielin und keine Calauerin, sondern die billige Wahrheit und Arbeitskraft.

Calau liegt schmuck und verlassen im Land, schön und unnütz wie nie. So könnten die Calauer entstehn, wie man sich ins Knie fickt. Doch ein so flauer Fleck kann nicht mehr flachsen mit seinem ohnehin dürftigen Witz. Dabei war er nicht von schlechten Eltern gewesen, nämlich die Schustergesellen hatten ihn auf der Straße gemacht und wie linke Schuhe linke Worte verfertigt. Man hatte sie bis nach Berlin verkauft, wo sie Mode wurden (seit 1850 sind sie bezeugt) und die Redakteure fragten: *Sind die Kalauer noch nicht da?* Bis man die Schuster in Stiefel steckte und ihnen an der Front der Spaß verging. Sie haben dann Landserwitze gemacht, bevor sie in Stiefeln starben. Auch auf den Feldern hatte der *Flachß* geblüht und wurde unter die Abgaben geschrieben, und noch der untertänigste Bauer durfte der Herrschaft in Lübbenau seine Schwite liefern. Er wächst wieder blau und rauflustig auf; anders der Calauer, er welkt. Indem nach dem großen Kladderadatsch ganz andere Wortverdreher und Großversprecher herumgehn und mit den Calauern Politik machen.

Da waren die Passenden nach Passau gezogen und die Unpassenden hergekommen, denn die Calauer mochten alle. Auch die größten Autoren spannen hier aus; *Was ich in meinem Leben noch erreichen will. Ich will Ehrenbürger von Calau werden* (: Mickel, der sich auswies): Der eine läßt die Sau raus, dem andern fällt ein Schwein vom Herzen. – So unsterblich aber die Sippe ist, der einzelne siecht hin: ein langsames, dumpf und kurzes *Ha-ha.*

Flick wollte Luten in Calau auf die Hohe Schule schikken, damit er gewitzt würde. Er stellte sich auf den großen Schulhof, der ganz leer war, und fragte eine Lehrerin: ob er den Bengel herbringen dürfe? – Ja, wenn ich weggeh, versetzte sie. Es verschlug ihm die Sprache von dem platten Plot, der wieder nur wahr war; denn die Schule soll geschlossen werden, weil man keine Calauer mehr macht.
(*Carl Anwandter:* heißt das Gymnasium, nach dem Apotheker und Bürgermeister, den die Reaktion 1849 aus dem Amt trieb, worauf er Auswandter wurde; und in

Chile eine Deutsche Schule gründete, welche fortbe-
steht.)

Die Schuhe kommen jetzt aus billigern Ländern: sie wandern ein. So rächt sich der alte Werbespruch: *Auf Calauern kommt man durch die ganze Welt.* Der neue Bürgermeister weiß aber wieder Reklame zu machen, *Kalauer statt
Knöllchen,* auf Bußgeldpapier. Nur hat man nicht soviel,
wie Strafen, Witz bei der Hand.

Aber ein paar hübsche Calauer fanden sich noch, die drei
gegossenen Gören zumal, die am Brunnen in der Cott-
buser Straße posierten. *Zurückhaltend, verschämt* die eine,
dreist, frech, leicht provozierend die andre und *selbstbewußt,
sportlich* die dritte. Wie nun Flick die Corona sah, und
keine schweren Jungen in Sicht, hat sich der *dreiste Dieb
an den Figuren vergriffen* und die schweren Mädchen beiseite geschafft. Nur zwei konnte man wiederfinden, die
verschämte hat der Unverschämte behalten.
(Auch das war wahr oder eine Legierung aus mehr Ele-
menten, Relikten, Delikten aus dem Schichtbuch oder
einfach der *Kunst* und anderen mildernden Umständen.)

… weil man keine mehr …: schuld sind nicht die Pariser,
die wurden benutzt, solange man Calauer macht.

Einunddreißigstes Kapitel
benutzt die Pariser, denn man liegt bei den Kindern
des Don Quichotte

Flick hatte in der Zeitung ein Bild gesehen, das seine Sinne beschäftigte, ein lieblicher/harter Anblick, der ihn nicht losließ. Es war eine Frau; *Marianne* mit einem Brecheisen in der schwarzen (Arbeitsschutz)hand und in der andern ein Schlüsselbund. Zu welcher Arbeit brach sie auf, mit den Worten LIBERTE, EGALITE, FRATERNITE? Direkt auf dem Plakat, das ihn so magisch anzog, daß er davon träumte und wie verliebt erwachte. Er sah das klare Profil, der Haarknoten zerweht, der Blick entschlossen, der Busen gereckt! Das war nicht die wattige Elise, und nicht jene *Blechschnecke von Welzow-Süd.* Es war eine Person aus Paris, die einfach losging mit solchen Losungen und entsprechenden Werkzeugen.

Als Flick sich in Paris umsah, gefiel ihm gleich der große Betrieb im gußeisernen Bahnhof. Die gut instandgehaltnen Streben und Bögen eines Fabrikgebäudes. Gare du Nord hieß die Firma, wo noch immer die Züge fuhren und die Massen strömten und die Neuen ankehrten. Eine Begängnis wie nach Plänen und Gegenplänen, mit unergründlichen Zwischenfällen, Zusammenstößen, Tumulten. Der Meister wollte gar nicht aus der Halle heraus, aber Kollege Luten drängte. Sie folgten dem Schild und *sortierten* sich in den Verkehr, und begannen wie die Gleisläufer ihren Achtstundentag; Schlenderer jedenfalls im Lärm und Abgas. Paris die Arbeiterstadt mit Boulevards und Bordellen. Selbst die grünen Bänke waren aus Eisen und die Gitter unter den kahlen Platanen. Hier hielten die Maschinen in der zweiten Reihe bei laufendem Motor vor dem Tabac oder der Pâtisserie, und die Apparateführer ließen sich Zeit, wieder aufzuspringen. Und obwohl alles im Stau stand oder anderswie Pause machte, fuhr die Stadt ihre Schicht. Hier wurde der Werktag geheiligt, und der Müßiggang war Maloche.

Sie durchquerten das ganze Revier bis zum Punkt Notre-Dame du Travail (: Eisenkonstruktion). Vor einer bedeutenden Kantine, wo sie austreten wollten (La Coupole), sah Flick vier Schutzleute in einen Eingang eilen, und weil niemand Notiz nahm, verfolgte er den Fall. Ein Clochard; der zwischen den Stühlen ruhte und sich nicht regte, und auch als man ihn anstieß keine Anstalten machte, ins Dasein zu finden. Die Kellner verdeckten den unguten Gast mit den Schürzen. Flick war zur Stelle; leblos der Mann; die kalten Muskeln steif bis in die Beine. Kinn und Bart schaumverkrustet, er faßte die schwarze Zunge. Der mußte Stunden tot und unbefugt hier gelegen haben. Man hob das Bündel an und trug es rasch zum Wagen. Flick war zufrieden, daß ihm die Stadt zu tun gab, diskret, als hielte sie nur für ihn das Unglück bereit.

Um nun den Zugang zu dem Kapitel zu öffnen … sie führten das Brecheisen mit sich. Und liefen hinter einer kleinen Brigade her, die ebenso lange Gegenstände trug.

Flick wäre in seinem Reisekleid (der Montur) nicht auf-gefallen, wenn er sich unter sie mischte, aber er ließ ver-stohlen sein Brecheisen blicken, und sie zeigten ihm Flû-tes und Baguettes. Luten mußte lachen über die Geräte, und der Alte zog den Dummkopf weg, aber der zeigte so einen Hunger, daß die guten Bürger ihn beißen ließen und mit einer Flöte ausrüsteten. Man hielt den Grand-père und sein Findelkind, mit der bißchen Habe, für Obdachlose und wies ihnen mit brotduftenden Fingern einen Weg. Sie sollten den *Montparnasse* verlassen und sich zum Kanal begeben. In geordnetem Marsch gelang-ten sie abends zum Quai de Valmy, wo unter Bäumen und Brücken erhaben ein Wasser stand, vom Lampen-licht leuchtend. Sie hielten entzückt an einer qualmen-den Tonne, um sich zu melden, und wurden mit bar-schen Worten weitergewiesen. Sie gingen den Wasser-weg träumend entlang und erblickten endlich von ferne beidseits die Herberge, wie zwei Reihen von roten Maul-wurfshügeln. Hier hieß es sich einkratzen. Wie sie berat-schlagten, wuchsen die Erdhaufen zu kleinen Zelten und konnten für ein Feldlager gelten, einer seltsamen kleinwüchsigen Armee. Eine strategische Lage, hart am Rand des Schiffskanals, wo die Räumung riskant war. Da es finster wurde, hoffte Flick, wenigstens den Jungen rekrutieren und einziehen zu lassen. Sie betraten das Standquartier, eine verrauchte Kneipe (Café le Canal 96), wo die Kommandanten am Tresen standen. Statt nun gemustert zu werden, wurden die Freiwilligen knapp begrüßt und mit einem Becher Gemüsebrühe bewirtet. Ein Hüne von wohl zwei Metern, aber gemessenen Gesten, mit Namen Legrand, dankte ihnen, daß sie im Camp der Schlechtbehausten anheuern und *eine Nacht im Freien* verbringen. Ein anderer Wortführer, mit dem gleichen Namen, hieß sie willkommen bei der *Aktion,* mit der sie ihren Kampf unterstützten. Da Flick so wenig wie Luten die heroische Sprache verstand und stotterte, umarmte man die beiden, die die Freude der Wirte nicht begriffen und für etwas Verragtes oder Verrücktes hielten. Aber es handelte sich bei diesen Leuten (wie sie sagten) um die *Kinder des Don Quichotte,* die gegen den Wind kämpften, gegen den man so lange geredet hatte. Diesen kindlichen Namen hatten sie auf ihre Fahnen geschrieben bzw. auf das herumliegende Zeitungspapier. Sie hätten hier am Kanal Saint-Martin eine Charta mit Blut und Bier unterzeichnet, eine Erklärung der Menschenwohnrechte. Sie würden nicht eher die Zelte abbrechen, als bis sie Gesetzeskraft habe. *Ein Staat ist nicht gegründet,* zitierten sie sich oder einen dritten, *solange er das Elend des Einzelnen zuläßt.* – Kinder, dachte Flick … sie lassen hier den weisen Don in seinen verrückten Kindern aufleben, oder umgekehrt, dachte Luten, den verrückten Alten in seinen weisen Kindern.

Soviel war klar: das waren radikale Schläfer, mit denen man aufwachen sollte, weshalb man mit ihnen schlafen mußte. Flick war zu dem Einsatz bereit und trat an im freien Zelt 207, in dem er sich niederlegte und zusammenkrümmte. Es waren kleine gespendete 30-Euro-Iglus. Luten wurde zu einem andern Zeltschlitz geführt, durch den er sich zwängen sollte. So arbeiteten die beiden getrennt; der Meister angespannt hingegeben: er war vor Ort und bewahrte die Ruhe, während der Junge sich ängstlich sträubte, er befürchtete Fußtritte oder Überfälle, so daß er nicht wagte, in den Schlafsack zu schlüpfen, und wie auf dem Sprung auf vier Pfoten stand. Flick hörte sein Winseln nicht und hatte mit sich zu tun, denn die hauchdünne Zeltwand bot keinen Schutz vor der Kälte, die aus dem Kanal kroch. Es war ja der Zweck der Aktion, daß die Teilnehmer froren und am Leibe merkten, wie die Dachlosen leben. Er hätte nur gern die Frau (*Marianne*) bei sich gehabt, die vor ihm schwebte und sich hätte hinlegen können; das schien ein plakatives Verlangen. Er schlief, bis der Morgen = die Ablösung kam.

Das Heer war schon auf, und seltsam genug (wie es war) marschierte es auf der Stelle, trat nämlich von einem Fuß auf den andern und schlug mit den Armen, um die feuchte Kälte aus den Kleidern zu kloppen. So begann nun das Tagwerk. In Lutens Zelt wurde der Reißverschluß aufgezogen, und eine zweite Belegung stieg heraus, ein übernächtigtes Weib, das die Stellung mit gehalten und das schmale Lager geteilt hatte in dem Zwei- oder Biwak. Der Junge sah auch ganz unverfroren aus und suchte seine Hose, und ohne viel zu finden rekelte er sich in der Sonne, dieweil ein feiner Regen die Glieder wusch. Flick sah das Weib im Profil, die Haare wehten, flacher Busen. Ein langer Kamm in der einen schmutzigen Hand, in der andern einen Strauß Lippenstifte. Wer ist die Person, wollte er fragen, und spürte in dem Moment das wehe Gefühl, die herrliche Lust, der er folgte, und: was gibts? was liegt an? fragte er:

Ça va?

und sie gab zurück:

Ça va,

und betrachtete ihn eine Weile, aber sie erkannten sich nicht. Die Hauptleute kamen und küßten die Mannschaft, und Flick war entlassen; denn er mußte begreifen, daß das schon die Arbeit gewesen war: die er im Schlaf getan, der Ressource, in der er nicht firm war und die er nicht nutzte.

Zweiunddreißigstes Kapitel
hier werden die Roboter angesprochen

Flick hatte den Enkel ins Obdach gebracht, aber nicht in der Obhut gehabt, und am Tag die berühmte Schlafstadt verlassen. Es war nicht leicht, nach dem Weg zu fragen, wenn man nicht weltläufig war, und auch Luten konnte am Tag die Welt nicht verstehn. Man war keiner Sprache mächtig, als die sie in Lauchhammer redeten; da man sich dort von selbst verstand, war der Mangel nicht aufgefallen. Flick hörte aber von Orten, in denen gar nicht gesprochen wurde, weil alles reguliert war. Das mußten verschwiegene Arbeiter sein, die ohne viel Zureden auskamen geschweige denn Abmachungen. Da waren sie die Leute dafür. Er wollte das Luder in so einen Laden liefern, in dem die Toren hantieren.

Nahe dem Mittelmeer in einer Region, die ich nicht aussprechen kann, lag in der ausgemergelten Landschaft ein Zweckbau, der einer Festung glich, aber eine Fabrik war. Sie befand sich Meilen von jeder Siedlung entfernt und war auf die Population nicht angewiesen – auch auf jene nicht, die aus dem Meer stieg. Denn es waren genug Maschinen zugang, die im Öle ihres Angesichts produzierten. Dem konnte, wer wollte, zusehen und sich menschlich beschämen lassen: ein Angebot, worein Flick wegen Luten willigte, zumal eben eine Schulklasse durchgeschleust wurde. Sie wurden auf einen Laufgang geführt, von dem man in die tiefe Halle sah, in welcher der Blick, wie im einsamsten Wald, keinem Wesen begegnete. Wohl bewegte sich was, und hinten fiel ein golden leuchtender Tropfen herab, der, eh man begriff was geschah und wie es bewerkstelligt wurde, in eine schöne bauchige Flasche verwandelt war, die nach ihrer Art herumging, gehoben wurde und abgesetzt, während ringsherum Ströme von hellgrünen klirrenden Flaschen feierlich prozessierten. Doch wer bewegte sie? wer war da am Werk? Man konnte die Schufte nicht sehen, aber der Führer zeigte auf ihre dunkel glänzenden Gelenke, dort unter das Fließband geduckt, das sie mit den Nackenmuskeln bewegten. Seht nur, sagte der Zyniker: da werde zugefaßt, ohne daß man die Hände benutze, die man, wie die Elektriker, in den Taschen halte. Und wie sie spuren! eine harte mechanische Truppe. Das sei es, was man benötige, zuverlässige Kräfte, ob nun Quellwasser abgefüllt oder Jauche verregnet werde. Und seine fremden Zuschauer musternd, die sich an die Scheiben drängten und lässig hinunterlugten: Selbstlose, furchtlose Kerle. Wo sie auch herkämen: er sage *welcome*. Es seien besonders robuste Migranten, die sich durchgesetzt hätten und das große Heer der Hoffnungsvollen verkörpern, das hier in Frankreich und Spanien das Eldorado vermute und sich koste es was es wolle darin *anstellen* lasse. Was mit einem Knopfdruck, automatisch geschähe – (und er drückte einen imaginären Knopf:) Allons, enfants. – Flick unterbrach ihn und fragte:

Und wie wissen sie, was sie tun?

Es ist ihnen beigebracht worden,

erwiderte der Drücker, und Flick überlegte:

Und wenn sie es wieder vergessen?

Dann werden sie weggeschmissen.

– Laß dirs gesagt sein,

sagte Flick zu dem Jungen, und als wenn sies hörten, wußten diese fest Angestellten und Festgeschraubten Bescheid. Die Schüler mußten lachen über das Schicksal der Idioten, das man nicht teilen würde, denn die Roboter hatten die Reihen dicht geschlossen. Der schmale Luten vielleicht, dachte Flick, könnte einspringen; und wirklich fuhr der Erklärer fort: Wer möchte nicht tauschen mit ihnen und sich die Stelle verschaffen? Doch Vorsicht! (rief er:) überlegt es euch. Wo sei nun der Pausenraum und die Umkleidezeile? Nichts dergleichen; solche antiken oder antiquierten Rechte würden nicht beansprucht. Der Betriebsrat, die Gewerkschaft hätten alle kein Zimmer, und der Klassenkampf fände am Schalttag statt. Die alten Forderungen, aus schrecklichen Zeiten, Freiheitgleichheitbrüderlichkeit, seien gegenstandslos geworden, vielmehr an Gegenstände adressiert, die nichts damit anfangen können. Die Verhältnisse, wie sie sind, genügten ihnen vollkommen bzw. sie seien vollkommen, denn jetzt sei der Zustand erreicht, den die Klassiker weissagten: *nicht mehr die Herrschaft über Menschen, sondern die Verwaltung von Sachen.* – Die Schüler, die von ihrem Klassenstandpunkt die Ironie nicht errieten, hörten andächtig zu, und Flick fragte nach:

Und wenn sie aber streiken?

Dazu haben sie kein Recht,

sagte der Sachwalter, und Flick, sich all der Havarien erinnernd:

Und wenn es spontan passiert?

Dann muß man die Schuldigen finden.

– Wie gesagt,

wiederholte Flick zu dem Jungen, und der blickte lächelnd wie wir auf die Geschöpfe, die uns ähnlich werden, weil wir uns nicht mehr gleichen.

Bei der Debatte war unten eine Stockung entstanden, und der Alte war rasch in die Halle gestiegen, um nachzusehen. Diese perfekten und perfiden Maschinen sind nicht gefeit gegen Zufälle, Stillstand, der ihre Bemühung ins Unrecht setzt und sie kaputt macht und den ganzen Menschen braucht. Wie sie so ratlos dastanden und die Flossen verschränkten, sprach Flick sie ruhig an, aber sie hörten ihn nicht oder hörten nicht zu, so vernünftig er redete. Er hatte sie am schwächsten Punkt getroffen, und diese Konsorten hatten auf stur geschaltet, so daß er ungeduldig wurde und schließlich Krach schlug, nämlich mit dem Brecheisen in die Flaschen. Die Schüler freute der lebhafte Unterricht. Luten wollte, von oben herab, warnen:

Flick, laß es sein! Aber:

Rollen muß es,

grölte der Großvater, während ganze Batterien scheppernd vom Band sprangen. Da weit und breit keiner war, um ihm in den Arm zu fallen, hatten die Automaten zu leiden. Es war nicht so, daß er nicht ihr harmloses mundtotes Wesen kannte, denn Maschinen waren sein Umgang, nur unterlief es ihm im Drasch, daß er sie für voll nahm, Werktätige eben, die auf Weisungen warten, wenn sie Bandschäden haben. Als er seinen Irrtum begriff, konnte er nicht klein beigeben, so lange der Horror dauerte, und mußte der Maschinerie sein Menschentum entgegensetzen, das in der Order VORWÄRTS PREUSSEN bestand. – Er kletterte indem auf den Scherbenhaufen, und Luten kam ihm entgegen mit einer Ölkanne; und gerührt von der Umsicht, nahm Flick sie ihm ab und betreute seine Kollegen, die so ungelenk dalagen. Es waren unterdessen andere Experten erschienen, die nun wie gesagt *den Schuldigen fanden* und festnahmen. Der Junge hatte aber das Kännel wieder genommen, um auch dem Wasser beizustehn und es geschmeidig zu machen. So sind, Berichten zufolge, ein paar Tropfen Öl in das gu-

te *Perrier* immigriert, das den Zusatz nicht braucht, wie
nachgewiesen wurde und gelegentlich nachschmeckt.

Dreiunddreißigstes Kapitel

*wo ein Hebamm vor Ort ist, der eine Geburt
erst verzögern und dann überstürzen muß*

Flick wurde gemeldet, daß seine falsche Schwiegertochter niederkomme in Allmosen, von einem Hund (dachte
Luten), von seinem Hundesohn (dachte Flick). Es war
aber eine unbefleckte Empfängnis, bloß von der Er-
kenntnis besudelt, daß für den Wurf gezahlt werden
würde. Drei Jahre, so lange dauere die *Erziehung*. – Es
sei vor der Zeit, das Kind zu kriegen, machte Flicks Frau
geltend. Denn ab dem neuen Jahr sollten laut Gesetz die
Eltern bezahlt und erzogen werden. Dieser Rechenart
der Höheren konnte das Volk kaum folgen, das aus dem
Bauch heraus denkt; es zählte nur an den Fingern ab,
daß es günstiger käme, im neuen Kalender zu stehn.
Als wenn man die Planwirtschaft jetzt beherrschte. Der
Stichtag stand bevor, Beate würde ihn verfehlen. 39. Woche, Beckenendlage, die Wehen hatten eingesetzt. – Es
müsse erlaubt sein, sagte Flick, die Wöchnerin eine
Woche hinzuhalten. – Zwei, drei Tage! rief die Alte. Er
verstand den Auftrag; der Mensch = eine Maschine, die
man einrichten kann. Es konnte nicht schaden, bei dem
Zufall vor Ort zu sein.

Das kommt in Ordnung,

sagte er mit gar nicht fester Stimme. Kein Stoff der Welt
(sagt meine Zentrale) ist so unerschöpflich wie das Lä-
cherliche, besonders der in meinem hohen Sinn erha-
bene Ernst. Und wenn der Zugriff auf das Leben (fährt
sie fort) ihm auch nicht den Schrecken nehmen will, so
wird der Geschichte des Lachens doch ein Kapitel hin-
zugefügt. Flick fuhr also, nachdem Heiligabend ohne
Message vergangen war, nach Neu-Seeland. Er nahm einige sandige Umwege, wie um die An- und Niederkunft
zu verzögern. Als er aber an den Stall kam, wo man
gebären wollte, saß das Paar am Tisch und fraß Hefe-
klöße. Beate verdrückte davon so viele, daß Flick sich
fragte: wo soll der Fötus bleiben? Was die vorn herein-
schlang, mußte den hinten hinaustreiben. Er wies die
Truppe an, Maß zu halten, und die Schwangere, sich hin-
zubetten und durchzuhalten, damit sie nicht havariere.
Er hatte wie gewöhnlich sein Koppel um, das verlegte er
um ihren Leib, direkt unter die hohe Wölbung, und zog
es straff, um sie zuzubinden, und hakte auch die Beine
zusammen. Beate, faul vom Fressen, ließ es mit sich geschehen, doch Bernie mißfielen die Maßnahmen.

Wer es eilig hat, verliert das Geld,

parodierte Flick den dicken Sohn, um Zeit zu schinden;
notfalls, sagte er, werde sie zugelötet. Oder die Frühge-
burt zurückbugsiert. Das hörte die Wehmutter alles verwundert, denn sie sah keinen Grund, sich aufzusparen.
Für das Elterngeld? Das kriegten nur, die noch verdie-
nen, den übrigen werde, im Gegenteil, die Kohle ge-

kürzt. Es herrschte nämlich die Meinung, daß deren Kinder weniger wert wären (so war die Lehre vom *Mehrwert* heruntergekommen). Für die Armen seis besser, wenn sie früh anstehen. – Dieser Notruf aus der Tiefe änderte die Lage, und der verblüffte Hebamm mußte anders handeln. Man mußte einen Gegenplan aufstellen. Sie durfte rasch entbinden/losgebunden werden. Flick rief den Sanker, der die Fracht und Frucht ins Krankenhaus verbrachte. Dort kannte man den Mann und Unfallhelfer und gab ihm einen weißen Kittel.

Es war Silvester, der junge Arzt trug eine steife Nase und versprach, Feuerwerk unterm Hintern zu machen. Die Oberschwester, die nur (heimlich) wehenhemmende Mittel bereitgelegt hatte (*Tokolyse* war das letzte Wort des Jahres), schien nicht fähig umzudenken und andere Spritzen aufzuziehen. Medizinische Künste; Flick setzte auf seine mechanischen, und sie wußte den Rat: Viel Bewegung und Sex. Das war kein Rezept für den Kreißsaal. Man konnte freilich Beates Beine bewegen, als wenn sie tanzten und sprangen, und die Dame maschinenmäßig bedienen; und wie auf Knopfdruck lachte und kicherte sie bei den Anstalten des Alten, so daß binnen kurzem die Fruchtblase platzte und die Wehen wieder einsetzten und sie vor Schmerzen wie eine Lore im Gleis flog. Man mußte den Hebel finden, sie auszukippen.

Es ging auf Zwölf, nur der Kaiserschnitt blieb bis Ultimo; der Arzt, sehr sterilisiert, schloß die werdende Mutter an die Geräte an. Flick hielt die Schläuche, und die Schwester hielt nun zu ihm, um ihn mit Luft und Strom und Salbe zu versorgen, wenn man den Rohling holte. Das war ein ungewohnter Einsatz, weil es furchterregende Werkzeuge waren und der Unglücksort (der rasierte Damm) wenig Spielraum bot. Auch Beate bekam einen kräftigen Schluck (aus der Ampulle), und wie sie wegsank, knallten tatsächlich Böller vorm Fenster, daß die Apparatur bis in den Schoß erzitterte und das erschreckte Kind aus dem Ofen schoß. Feuergarben umgaben es, Donnerhall. Glück auf! es war geschafft; aber wann? Schlag Mitternacht: Null Uhr, im dümmsten Moment erschien das Monster, der Mensch und geborene Rechtsfall, ein Zankapfel der Ämter, der nicht weit vom Stamm fiel. Nicht zu entscheiden, nach welchem Gesetz er angetreten, und welches er brechen mußte. Flick schaute bang in die Krippe, ob es der *Maschinenmensch* sei, sein rostfreier Nachfahr; aber böse Zungen meinten, es könnte ein Hundemensch werden, und wirklich wird das Leben erweisen, daß er es halb als Mensch, halb als Hund wird führen müssen.

Vierunddreißigstes Kapitel
das nichts zu sagen hat, aber den Mund aufmacht

Die Windisch konnte den Invaliden streichen in ihrem Register. Die Arbeit war nicht mehr das Ding, das zwischen ihnen stand. Sie sah ihn aber gern kommen und gehen, ihren besten Mann und besonderen Fall, und Flick hielt Fühlung mit der Dispatcherin, seiner vertanen Tage. Es war ein entspanntes Verhältnis, wie wenn sich eine Liebschaft satt und zufrieden gesaugt hat und man nichts mehr voneinander will. Man muß nicht mehr zur Sache kommen. Man greift nicht mehr an den wunden Punkt. – Sie fragte zerstreut, warum er käme.

Das hat nichts zu sagen,

erläuterte er. Sie sah nun den Fall wieder an und sah, daß er alt und grau geworden war, oder beinahe weiß im Gesicht vom Warten.

Das hat nichts zu sagen,

wiederholte Flick und hielt sich mit dem Daumen an der Schreibtischkante, weil ihm schwarz vor Augen wurde, da er nichts vor sich sah. Sein Kopf fiel nach vorn auf den Arm, und der Helm polterte auf den Boden und der schwere Leib wollte ihm folgen; die Windisch stützte den Kunden, sonst hätte er vor ihr auf Knien gelegen. Jetzt war seinetwegen Einsatz gefragt, und die Managerin rief zwei Mann auf, die nur darauf warteten und ihn nachhause brachten. Dort übernahm die Alte den Fall und sagte kopfschüttelnd:

Leg dich hin. Du kannst nicht mehr.

Das hat nichts zu sagen.

Leg dich hin, lies ein Buch.

Das hat nichts zu sagen,

erwiderte er wieder ganz richtig (und er konnte einem leidtun). Er lag auf das Sofa gebettet in der Küche, und ich höre nur immer: Laß es mal. Komm zur Ruhe, Mann.

Nun ruhen alle Wälder. Er ruhte nicht; er war nur gefällt; ich muß ihn behandeln, aber wie? In diesem Werk, das ich stillegen kann, abbrechen kann … denn die Handlung führt zu nichts. Sie half ihm nicht … – Das hat nichts zu sagen. – Was war denn gut für ihn? Ruhe – gewiß, das alte Lied hatte recht. Wir müssen ihm Ruhe verschreiben, Muße; und er mag noch einmal das Kapitel lesen von den Glücklichen (in meiner Behandlung). So kann diese Seite leer bleiben in seinem Schichtbuch. Aber es wäre schade ums Papier. Ich fülle sie, zur Abwechslung, mit etwas anderem, Schönem, das nutzlos scheinen mag … jenem Lied, das man heute anders singt, doch es wiegt ihn in Schlaf:

Die Landschaft kippt, wird grauer
Ein nasser Wind, ein Schauer
Die Piste ragt ins All.
Verschüttet sind die Stollen
Die Erde treibt in Schollen:
Du bist ihr warmer Widerhall.

Turbinen, Räder, Wellen
Die Schädel noch im Hellen
Im Dunkel der Asphalt.
Du fliehst die tausend Lichter
Gewebe, immer dichter
Die Augen werden langsam kalt.

Sei still und schlafe, warte
Und träume nichts und warte
Zu hoffen ist kein Grund.
Hinweggerollt sind Meere
Kulissen, schwarze Leere
In der sich öffnet Gottes Mund.

Fünfunddreißigstes Kapitel
vermeldet, wie Flick der armen Bärbel
den Alb vom Rücken nimmt

Da Flick nun oft zuhause hockte, hörte er auch von anderer Not in der Nähe. Denn die richtige Schwiegertochter war nicht mehr richtig im Kopf, weil sie sich falsche Sorgen machte. Sie ängstigte sich um ihren (auf diesen Seiten) verlorenen Sohn, weil das Luder nicht in guten Händen war (die ihn hier durchschleppen). Die gute Bärbel machte allen Vorwürfe, die sie selber trafen, und sie wehrte sich und warf mit Dreck.
Mit dem Hader,
wußte der Junge. Die Großmutter hatte bei Bärbel mit reinegemacht, als sie umziehn mußten in die *angemessene* Wohnung. Sie hatten alles blitzblank hinterlassen und Lutens Blut vom Boden gewischt. Bärbel hatte aber das Unglück mit hinübergenommen, wie den Tisch und den Teppich, ihre Schuld, obwohl oder weil es ihr niemand nachtrug. Es nahm da nun den Platz weg, auch wenn

Luten nicht da war, und sollte ausgeräumt werden. Flick glaubte nicht, daß der Einsatz lohne, und zögerte einmal, mußte sich aber sagen, daß es außer der Arbeit mit den Maschinen die mit dem Menschen gab, wo der ausfiel oder auffiel. *Die* Arbeit gab es noch, und wenn man ihn nicht mehr nach einem Bilde formte, so nach den Zahlen. Es wurde natürlich ein berechnendes Wesen. An der Tür hielt Flick ein andermal und lauschte; Gelächter (: Bärbel!), untermulmt von Grunzen, als wenn ihr Gemüt falsch eingestellt wäre, weil keiner es wartete. Sie war ganz aufgedreht, man mußte sie vom Netz nehmen. Flick schickte den Jungen vor, der besser die Schalter kannte. Aber der fürchtete sich seit seiner letzten Arbeit hier, bei der er ins Messer gegriffen hatte und ohnmächtig geworden war. Er schloß immerhin auf und folgte dem Großvater in den Flur. Da stand Bärbel mit verzogenem Mund, daß man den Schaden sah, und Luten dachte brav, ihn durch Reden und Antworten einzurenken.

Wo ist dein Problem,

fragte er, und der Alte verkniff sich ein Lächeln,

was liegt an dir?

Die Mutter sah den blöden Jungen an und wußte nicht, bei wem er in die Lehre ging. Sie antwortete ihm nicht und lief in die Küche, gebückt: sah Flick, als trüge sie an einer Last und Beschwerde. Er mußte nicht in sie hineinsehen, er peilte mit einem Blick die Lage. Er stellte sich ruhig hinter sie und griff an die Schulterblätter und Wirbel, wo leicht das Unglück einrastet, und hatte wohl die rechte Stelle gefunden. Sie setzte sich nämlich nieder und machte einen Buckel, so daß er gut herankam und an der Last rüttelte und zog, um sie ein wenig zu lockern. Das konnte er gerade mit seiner schwachen Kraft (mit einer Hand), er schmiegte sich auch an sie und streichelte ihre Rippen. Man mußte aber, bei schweren Havarien, dem Ding gut zureden und den Leuten Mut machen. Dann konnte man entschlossen zupacken.

Das kommt in Ordnung,

sagte er also (und deutete auf das entscheidende Kettenglied):

das Luder lernt was. Es kann was. (Und er sah den Betreffenden an:) Er gibt sich Mühe. Mühe und Not. Er macht keinen Mist, er macht was draus. Er wird ein Meister, mindestens, meistens. Ein Techniker, Elektriker, Eisenbieger, Betonierer. Heckenschneider, Kanalarbeiter, Bilanzfälscher. Programmierer, Sanierer, Telefonierer. Großkunde und Billigflieger, Autolackierer, Dienstleister, Gelehrter, Künstler, Kunsttransporteur und Müllabfuhrfahrer.

Wie er so viele Berufe aufzählte, richtete sich die Mutter auf, wie um zu beten, und faltete wirklich die Hände. Der Kummer schien auf ihrem Ast zu verwelken oder sich abzulösen. Luten merkte es und murmelte gerechter- und möglicherweise:

Raumpfleger, Zeitarbeiter,

und sie sank wieder zusammen; doch da fuhr er nach seiner Gewohnheit fort: Blechverarbeiter. Personaldisponent. Systemadministrator. Quereinsteiger. Zerspaner.

Bestatter. Emissionshändler. Sachverständiger. Simulationstechniker. Streßmanager. Branchenchef. Bandenchef. Revolverdreher. Ausländer. Auswanderer. Strategischer Einkäufer –
und da er nichts auslassen konnte:
Besamer. Besitzer. Kompromißkandidat. Auftaktgegner. Heckenschütze. Flickschuster. Schönfärber. Kalkulator. Technokrat!
Bei dieser glücklichen Entwicklung fiel Bärbel ganz auf den Boden hin und lag schluchzend vor ihnen, und als Flick sie anfaßte, hielt sie stille, und er konnte ihr nun den Alb vom Rücken nehmen. Es funktionierte aber so, daß das Gewicht dem Jungen zugeschoben wurde, der, je leichter es für die Mutter wurde, um so schwerer zu tragen hatte, und wie sie dann durchatmete/stöhnte, krachte die ganze Last auf seine Schultern. Er stand beschämt vor Anstrengung in der Ecke, und Tränen traten ihm in die Augen (während sie lächelte), denn er mußte dem Bild gleichkommen, das er aufgezählt hatte, und mußte es ihr zeigen. Doch seine bedrückte Miene zeigte den, der er war, und es war dem Alten nur recht, ihn zu beladen und ordentlich Druck zu machen. Man mußte kein Ingenieur der menschlichen Seele sein, um die Mechanik zu begreifen, die hier wirkte und die Mutter aus der Schraube nahm. Luten durfte nur lernen, lernen und nochmals, das war die Lehre daraus.

Sechsunddreißigstes Kapitel

in welchem Flick von Lauchhammer das Zeitliche segnet,
aber den Raum nicht verläßt

Wie nun Flick nicht mehr arbeitete, wollte er sterben. So erfüllte sich der Spruch seiner Alten: Die Arbeit bringt dich einmal um! – weil er keine hatte. Seine Kräfte, die nicht zum Einsatz kamen, schwanden, und sein Elan verfiel wie das Deputat Grubenschnaps. Ausrangiert im Bett und nicht mehr herausgeholt. Er kam in Verzug und Rückstand (mit dem Denken), und sein ganzer Betrieb brach zusammen. Da er nicht mehr in Ausbeute stand, konnte er sein Leben schließen. Die Strebe knickten schon ein, die Decke fiel ihm auf den Kopf, der Mann war gleichsam verschüttet. Er wurde überredet, alt und krank zu sein, und wünschte in der Not den Tod herbei.

Als Flick fühlte, daß er herankam, gab er seiner Frau ein Zeichen, bei ihm zu bleiben in dieser Schicht. Sie setzte sich an sein Lager und glaubte, daß er fieberte; denn nur er sah ihn am Gleis stehn und warten mit der Schippe in der Hand. Er gehörte nicht zu seinen Leuten und war nur bei schweren Unfällen zur Stelle, wenn man ihm nicht von der Schippe sprang. Der war auch ein Meister, und Flick konnte ihm keine Weisungen geben, aber streiten konnte er mit ihm und verhandeln, damit er ein Einsehen hatte. Jetzt kam er wie gerufen, und Flick atmete schwer vor Schreck und Freude, weil der ihm zur Hand ging und sein Leben zusammenriß. Er drückte der

Alten die Hand, und sie strich ihm den Schweiß von der
Stirn. Da wehrte er sie plötzlich weg, als wenn sie im
Wege stünde, und sie schlich verstimmt hinaus, um ihn
allein zu lassen und vor der Tür zu wachen. – Der Tod
trat zu ihm und fragte, was er von ihm wolle.

Was fragst du noch?

sagte der alt und kranke Flick, und der Andere sagte:

Das ist der Brauch.

Und was willst du hören?

fragte Flick, und der Andere drauf:

Dein letztes Wort. (Und er beugte sich grinsend herab:)

Dein Wille geschehe.

Als der Tod so ruhig und entschlossen vor ihm stand,
wurde Flick selber ganz ruhig, wie wenn es an die Arbeit
ginge, und sagte:

In Ewigkeit, amen.

Komm mit,

lachte der Kumpel ernst und griff ihm an die Kehle.

Ran an den Speck,

röchelte Flick, von kaltem Schweiß übergossen. Er
erkannte natürlich die Züge der Windisch; der Tod eine
Frau, soweit war die Gleichberechtigung hier, man durfte die Knochenhand küssen. Jedenfalls war er auf der
Agentur beschäftigt, und manchmal warf er einen aus
dem Fenster, dem er keine Arbeit gab. Flick merkte aber,
wie der Tod sich mühte, ein Ende mit ihm zu machen,
und sich ordentlich quälte, und es überkam ihn Lust, mit
zuzufassen.

Hilf mir hoch,

sagte er, und der Fachmann half dem Gerippe vom Lager auf. Jetzt standen sie Auge in Auge oder Augenhöhle.

Reich mir meine Montur,

murmelte Flick und angelte auch den Helm, und einmal auf den Beinen, vergaß er sein Vorhaben (das Sterben) und atmete noch Leben. Die Alte hörte das Gepolter und sah durch den Türspalt, daß ihr armer Mann vermeintlich nach einer Schippe griff. Er nahm sie im Übermut und stieß sie fluchend in den vermeintlichen Lehm, während der Tod zurück auf die Schwelle trat und, die Lage peilend, an der erschrockenen Frau vorbei nach draußen wich. – Also daß man sagen kann (und erzählt): Flick segnete das Zeitliche und verfluchte es, so daß er dahinging, aber dabei- und am Leben blieb.

Viertes Buch

Siebenunddreißigstes Kapitel
entdeckt, daß im Winter die Kirschen blühn und andere
bedeutende Vorkommen und Vorkommnisse

Als Flick von Lauchhammer unter Einsatz seines Lebens wieder auf den Beinen war, setzte er sie doch nicht in Bewegung. Das Gestänge war steif und die Mechanik ermüdet, weil man ihn nicht mehr eingeschaltet hatte. Der ganze Experte war eingeschnappt. So lag er halb verrottet im Lager, als eine Legende das Land überraschte und für wahr in der Zeitung stand. DIE LAUSITZ STEHT AUF KUPFER. Die Nachricht hätte auch Tote erwecken können (tote Kumpel zumal), unten im Boden, wo die Kohle ausgeräumt war; nun sollte darunter Erz, Kupfer in großen Mengen liegen, auch Silber, Blei und Zink. Man hatte dunkel von Vorkommen gewußt, die zwischen Spremberg und Weißwasser ruhten, und hatte sie, bei der Volksenteignung, unterschlagen in der Abgrundtiefe. Jetzt kletterten die Preise aus dem Keller und verrieten die Reserve, und ein Konzern wollte den Abbau prüfen. – Das waren übereilte Meldungen, und der Bergbauamtmann riet den Lausitzern, am 4. Dezember einen Kirschzweig ins Fenster zu stellen, dem Tag der Hl. Barbara – wenn er zu Weihnachten blühte, würde er Segen bringen.
Die Alte hoffte aber nur für ihren matten Mann, als sie

das Zweiglein ins Wasser setzte. Der bedauerte, daß er nicht *eine Sohle tiefer* gelegt worden war (wie die Bergleute das Begraben nennen), näher an der Lagerstätte, die man erkunden mußte. Flick kannte natürlich die Sage vom unterirdischen Gang bei Spremberg, und daß einem zum Tode Verurteilten das Leben geschenkt werde, wenn er ihn untersuche und in den Gang hineingehe. Der war damit zufrieden und machte sich auf den Weg, kam aber niemals wieder zum Vorschein, weil er den Schatz fand (das Kupfer?), den er am andern Ende heraustrug. – Was, wenn sich Flick aufmachen durfte und sich rettete? Er rieb die Arbeitsschuhe auf dem Estrich und war elektrisiert. Er fühlte das großes Revier unter sich und stand in Bereitschaft. Er wartete, auf Abruf, den Zuruf aus der Zukunft! Es rief aber aus der Küche (: der Kaffee wird kalt).

Es gibt nichts Mächtigeres als eine Idee, deren Zeitpunkt gekommen ist, dergl. Parolen haben wir mit der Buttermilch aufgesogen. (Goethe, 3. November 1820:) »es gibt noch manche herrliche, reale und phantastische Irrtümer auf Erden … Durch diese sollte unser Freund F. sich auch durchwürgen.« Sowie die subversiven Kommentare: Es ist also *Menschheitsirrtum darzustellen:* herrlicher, realer, phantastischer. Kunst gehört dazu, Macht wie Machtmißbrauch, Krieg und Wirtschaftsschwindel. – Man mußte nur warten, bis die Pakte geschlossen und die Seelen verkauft waren. Es war nicht ausgemacht, ob der Teufel oder Gott investierte. So wurde die Gegend noch einmal in Versuchung geführt, sich der Pro-

duktion zu verschreiben. Die Vorfreude war groß, und
der Schrecken war groß, denn nun galt es wohl, alles noch
einmal aufzuwühlen. Man würde die arme Erde zum
zweitenmal ausholen und verkupfern, denn die Lichten
Höhen lagen mehr als tausend Meter unter dem Planum.
Das war der 2. Wahnsinnsschub in der Lausitz, und ob er
zum Fluch oder Segen würde, mußte sich zeigen.

Dieses Kapitel hat genug Material für einen Roman,
aber zu wenig für einen kurzen Schwank – ihr großen
Erzähler, wie leicht fördert ihr euer Kali zutage, und wie
tief liegt die Grauwacke des Witzes. Flick von Lauchhammer ging im Dezember die sagenhafte Strecke; er
hatte keine Wahl, wenn er sein Leben behalten wollte. Er
lief am 51. Breitengrad entlang, der vom Mansfeld nach
Schlesien führt und Spremberg/Weißwasser einbegreift.
Einmal würde man das Magma aus dem Erdkern pum-
pen; er wollte zur Stelle sein, wenn die Kabel blank lagen. Als er sich eine Weile vorangetastet hatte, hörte
er über sich Hundegebell und schloß daraus, daß er
sich unter Bernies wildem Anwesen befand. Er schritt
schneller aus, und gleich kam er an ein großes glitzern-
des Gebäude. Am Eingang stand ein Geist.

Was liegt an,

sagte Flick wie immer.

Geh nur weiter, dein Glück ist gemacht.

Hierauf weitete sich der Gang, und nach einigen hundert Metern sah er die berüchtigte Höhle, in der an
einem steinernen Tisch drei Beamte saßen, die selbst
von Stein zu sein schienen, so verwittert und reglos

saßen sie da. Einer/eine winkte, näher zu kommen, und Flick ging unerschrocken darauf zu. Auf dem Tisch lag ein Haufen Geld. Papier, kein Kupfer (Kupferschiefer, Kupferkies).

Immer bereit,

grüßte der Pionier, worauf die Person um so mehr versteinte. (*Windisch* hieß sie, und auch ihre Akten waren zu Steinformationen gesintert.) Sie deutete an, er möge sich von den Scheinen nehmen so viel er benötige, um zu überleben, und nannte ihm den Tag, an dem er wieder erscheinen dürfe, wenn das Geld ausgegeben wäre. Er solle nur von alledem nicht zu allejedem reden. Das wunderte ihn, denn das Märchen war bekannt. Bernie jedenfalls hatte man es längst erzählt. Flick langte zu und bedankte sich bei der mitleidigen Frau, doch war es ihm, als wäre er vom Weg abgekommen. Er war nicht in die rechte Tiefe gelangt und trug den Schatz nicht *am andern Ende* heraus. »Jetzt begann ein neues Leben; aber es war kein gutes Leben. Er arbeitete nicht, sondern saß vom Morgen bis zum Abend im Wirtshaus.« (Sagen der Lausitz, 13. Auflage)

Er saß, soviel ist wahr, am Küchentisch, ein paar rötliche Cents in der Hand, und was soll ich sagen? Es war sommerlich warm, wie es jetzt vorkommt; zum andern war von *Milliardeninvestitionen* die Rede. Darum blühten in der Lausitz im Winter die Kirschen, und ein neuer Kalender begann.

Achtunddreißigstes Kapitel

hat einen stürmischen Verlauf, zumal Flick
mit dem Sturmtrupp Kyrill loszieht

Nicht von dem versteinten Amt, vom Wetterdienst kam
die Warnung, sich bereitzuhalten und auf einen Einsatz
gefaßt zu sein. Ein Unwetter *drohe,* Schäden anzurich-
ten. Die Ansage war unverfroren, und für den Unglücks-
mann ein Auftrag. Flick willigte ein. D.h. er stieg in die
Montur und nahm den Helm vom Haken. Andrerseits
hieß es, man solle in der Wohnung bleiben und Besor-
gungen unterlassen – Bestimmungen für die Masse; er,
Flick, mußte besorgt sein und dem Taifun ins Auge
sehn. Denn auch die Behörden hatten schon mittags *vor-*
sorglich geschlossen, Schulen und Horte waren beräumt.
Die Straßen längst leergefegt von probeweisen Böen.
Eine junge Mutter, das Balg vorm Bauch, flüchtete noch
durch Regenstöße. Gegen 18 Uhr meldete man sich bei
ihm (die Fenster klirrten), und er trat vors Haus. Luten
folgte in die Kapuze geduckt. Schwere, vollgesogene
Wolken jagten über den ungesicherten Himmel. Der
Wind pfiff, und Flick pfiff.
Komm rein,
rief der Junge: es war nur der –
Der Wind der Wind
Das himmlische Kind,
folgerte der Alte und nahm es gleichsam in die Arme, die
es ihm verdrehte. Ein Blitzlichtgewitter beleuchtete den
Stellplatz. Sie stemmten sich gegen den Sturm, um seine

Stärke zu messen, sie entsprach etwa der ihren, solange sie sich im spitzen Winkel hielten. Sie klebten hart an dem Gegner, der fauchend nachgab und sich wieder aufrichtete, an den Kleidern zerrte und mit miesen Griffen zwischen die Beine fuhr. Ein unbedachter Schritt, und sie wurden gegen die Türe gebrettert.

Das war nun kein Spaß mehr, und der Einsatz begann; der Wind riß eine schwere Tafel los, und sie mußten zufassen, und schob die Müllcontainer umher, die sie bändigen sollten; und vergab solche Aufgaben. Es war zuviel liegengeblieben oder stümperhaft verankert, Lichtmasten, Bauzäune, Sträucher, er hob das Zeug aus, und was er herantrug, mußten sie abnehmen und zur Seite schaffen. Einen solchen Antreiber (wie die Natur) hatten sie noch nicht erlebt, der sie anbrüllte und zurechtblies. Flick legte sich mit ihm an, weil er soviel Aufhebens machte, wurde aber bald angesteckt von dem Eifer. Der war ein Chef anderer Art und organisierte die Arbeit (das Chaos), indem er überall hingriff und alles zugleich in Angriff nahm. Es war ja kein gewöhnlicher Wind, der die Straßenbäume ausästet und bei der Firma Stadtgrün gemeldet ist, es war der berühmte *Kyrill*, dessen Schrift man nun sah, die sog. Verheerung, die ganze Schneisen für den Einsatz öffnete.

(Die Wenden denken seit je den Wind als Person, samt Knechten oder Kindern, die ihn leiten und vermöge desselben ihre sanften und wilden Werke tun. So sagt man: *des Windes Burschen lärmen aber recht.* Der Wind wohnt in der Luft oder am Boden, so wie er situiert ist; und man weiß oft nicht, woher er weht.)

So ging das eine Weile, bis es rabendunkel war und der Sturm nicht mehr durchsah und eine solche ungeheure Wucht entwickelte, daß man das eigene Leben verstauen mußte, das in die Quere kam. Das begriff ein Kind, aber der Alte vertrat eine andere Ethik. Er hatte an den ehrlichen Burschen Gefallen gefunden, die so ausgelassen waren und sich aufpumpten und verausgabten, eine zupackende Truppe. Er sah ihr begeistert zu und freute sich ihrer Leistung, wenn sie das Dach des Hallenbads aufstemmte und er die scharfen Bleche auffing und sachgerecht abstellte. Er ließ sich von den Umständen (dem Wind eben) bewegen und übernahm die Kolonne und zog mit ihr los. Sie tollten auf dem Markt, um dann den Kuhteich zu peitschen. Man hatte in Lauchhammer Nord, Süd, Ost und West zur Verfügung (denn einer zerfledderten Windrose glich der Ort) und die ohnehin brache Mitte. Überall konnte man Netto-Filialen und Laubenpieper treffen, Altlasten und Neureiche, die untergingen, wie ein Romantiker wußte: *Die Natur ist die Feindin ewiger Besitzungen.* Sie streunten ins Bahngelände und wilderten im Schloßpark, stürmten durch Schwarzheide zur Autobahn und blockierten sie und fegten über den Lausitzring mit 200 Sachen, der wie dazu geschaffen schien. Wendeten um nach Kostebrau, *Wischgrund, Waldesruh* und trugen am Lauch die Bungalows ab und die Strandkörbe (die an die Ostsee gehörten). Dann fuhr man feierlich zum Kraftwerk Plessa hinüber, das stillgelegt war, aber einmal wieder lärmte (es lieferte einst 34 MW ans Netz), warf sich in die Freiluft-Schaltanlage und die Außenbunker, die ächzten und stöhnten, und das Kesselhaus heulte aus allen Siederohren, und die Turbinen stampften wie in Betrieb gesetzt. Nun raste und tobte der wendische Wind (der Verrückte Kyrill), (und wirklich *tobte er in der Lausitz am stärksten*), daß die Bunkerräumwagen krachten. Flick, selber im Ausnahmezustand, wütete hingerissen mit. Als es der helle Wahnsinn wurde, hielt sich Luten, der am Karabinerhaken hing, in seiner Notdurft am Boden fest.

Laß mich los,

rief er geängstet: es ist nur —

Sieh da, lieber Wind

Koch ein Mus für dein Kind,

merkte der Alte die Bescherung, oder die Winde vermuteten sie und trugen das Gerücht herum und machten sich lustig, und der Junge weinte. Im selben Augenblick schwebte ein Lüftchen wie Zephir herab, das feinste aus der Familie, und hatte ein Auge auf den Alten geworfen. Es wehte um ihn und neckte ihn, der es wie immer nicht wahrnahm, weil er beschäftigt war und keinen Atem dafür hatte. Es war die Windsbraut, wie man wissen kann (: die, seit es wärmer wird auf der Erde, öfter ausfährt), ein Wirbelwind, der unter die Haube will. Sie war gewohnt, daß man ihr die kalte Schulter zeigt und sie auflaufen läßt, aber aufbrausend wie sie war, gab sie keine Ruhe. Also machte sie sich an Luten heran und strich ihm über die Backen; und dem gefiel das, obwohl er verlegen war und schnell die Hosen hochzog. Aber gar nicht angewidert, umspielte sie ihn, denn Gegensätze ziehen sich an, und so unappetitlich er war, war sie lieblich. Der Großvater sah den Jungen die Eisenleitern hochsteigen, die Kutte gebläht, und wußte nicht, was ihn verführte. Wie der Looser auf dem Bunkerdach stand, zauste und ziepte sie ihn und biß ihm auf die Lippen. Dieser wilde süße Schmerz war ihm unbekannt, und wehrlos und verwirrt wie er war, warf sie sich ihm an den Hals. Er taumelte und schwankte, nicht Manns genug, sie hinzulegen, so daß sie ihn an die äußerste Kante trug; wo ein Stoß genügte, ihn hinabzuwehen. – Das war nicht der geringste Schaden, der auf Kyrills Konto kam und in dem *Werk der Zerstörung* den Leuten auf lange zu tun gab. Dergl. mächtige Auftraggeber werden Tausende anstellen und (auf Kyrillisch, oder Chinesisch?) von einer bewegten Zukunft erzählen, die die Menschheit mobilisieren oder überwachsen ... die über sich hinauswachsen wird. Und ganz unbegreiflich, wenn man es wörtlich nimmt, sind die Sprüche der Ökologen, es gelte »so viel Wind zu machen, bis der Wind sich dreht«.

Neununddreißigstes Kapitel

in dem die Slawerei in Apulien entdeckt wird

Wie die Sonne wanderte über die Meridiane, so lief die Lohnarbeit um die Erde, und wenn sie im trüben Westen unterging, stieg sie in heiteren Gegenden auf. Da war die Gravitation, d.i. die Massenanziehung bemerkbar, und auf der Erdoberfläche sammelten sich also die Massen wie Hobelspäne unter der Bank. – Man war auf die globale Werkbank geworfen. – Flick hatte sich mit einigen Rumtreibern und Rumänen auf die Reise gemacht. Sie waren den Werbern gefolgt, die unter den Slawen umgingen und vor den Sorben nicht haltmachten, der Gurkennation, wo man fragen durfte: Kennst du das Land, wo die Tomaten blühn? Die Aktion fiel nicht weit vom Stamm der Sendung DER SONNE ENTGEGEN, man mußte nur abkömmlich sein, die Bade- und Arbeitshose einpacken und den Billigflieger besteigen. Lohn, Kost und Logis: ein gelobtes Land, in dem man 16 Stunden tätig sein kann und Bewaffnete die Arbeitsplätze beschützen. Luten war das Kleingedruckte oder -geredete entgangen und dachte nicht anders, als mit dem Opa in die Ferien zu fahren. Der neue Ort (: Orta Nova) lag nahe am Meer in der Region Apolien oder Apulien, und wirklich waren viele Polen versammelt, die hier ihre Zelte aufgeschlagen fanden. Es war aber eher im Hinterhof der Küste, der zugestellt war mit Kisten; man sah nur krautige Felder, der Himmel irgendwie hinter Folien verpackt. Unter diesem knisternden, knatternden Dach war ihr südlicher Aufenthalt. Die Touristen dunkelhäutige schwitzende Leute wie von grünem Sonnenöl glänzend. Luten lief in das schummrige Zelt hinein, in dem die Demse stand und ein Garten blühte. Er schloß die Augen von dem betörenden Duft, und wie um ihn sportlich aufzumuntern, warf man ihm Spanholzkisten vor die Spikes. Der Großvater schob ihn an den Exoten vorbei. Sie hatten aber nach Landessitte eigenhändig die Kisten zu füllen. Ein Wort mußte Flick nicht übersetzen: *Tempo,* mit dem er was anfangen konnte. Er drückte drauf, und mit einer Hand riß er mehr Grätsch aus dem Boden als ein anderer mit zweien. Er erinnerte sich nämlich der Kartoffeleinsätze, die sie als Studenten zu leisten gehabt hatten auf Brandenburgs Latifundien. Er war immer als erster am Rain gewesen und hatte rekordverdächtige Körbe geschleppt. So hatte man die Bauern zur Genossenschaft überredet. Hier wuchsen Artischocken, Zucchini und grüne Tomaten. Die Bauern hatten die Erntehelfer mit Blut- und Schlackwurst versorgt und sich beim Schnaps nicht lumpen lassen. Hier war für Wasser und Brot zu sorgen, von grünen Tomaten konnte man nicht leben. Man durfte aber, in der Siesta, den Ort nicht verlassen, der mit seinen Zäunen und Toren einem Lager glich, oder den *all-inclusive*-Residenzen.

Wir sind gefangen, sagte er verblüfft.

Mitgehangen! klagte Luten.

Von der Arbeit,

sagte Flick mit leuchtenden Augen, und Luten dämmerte, daß das kein leichter Urlaub war:

Wanderarbeit!

Geschieht ihnen recht, dachte der Alte, wenn sie zuhause alles liegenlassen: es ist egal. / Und illegal, wußte
der weiterdenkende Knabe und beobachtete die Völker-
stämme. Es war ein weiteres Geheimnis, daß sie ver-
schiedene Reichtümer häuften, weil sich die Slawen mit
Campinglöhnen begnügten (Dumpinglöhnen), während
die Marokkaner sich mehr verrechneten. Sie redeten
aber nicht untereinander, in der Euro-Sprache. Lud-
wigo, mit seiner Auffassungsgabe (die nicht die Hände
betraf), tat sich nicht hervor bei der Ausbeute / Ausbeu-
tung, er warf die Tomaten in den Korb oder Schoß einer
jungen Schwarzen. Kindische, Kinderarbeit, die man
verbieten mußte. Der Capo trat auf den Plan und stocherte nach ihm mit einer Stange. Flick spürte den Bengel mit auf, der vorgab, Durst zu haben oder pissen zu
müssen, aber kein Wasser zu finden und kein Klosett,
und die Pisse zu trinken. Er war noch froh, sich nicht
waschen und Zähne putzen zu müssen, zu schnell fiel
er zwischen allen Gewächsen in den fauligen Schlaf.

Eines Nachts schreckten ihn Hunde auf, und er sah, von
seinem armen Bett, zwei Menschenmeuten voreinan-
derstehn. Die eine war schwarz, die andere hell, und
beide blutig, und sie ballten noch die Fäuste so ermattet,
daß sie keinen Handschlag mehr machten. Er glaubte zu
träumen; aber war vor die Fronten der Welt geraten.
Denn mit dem Ohr der Menschheit (heißt es) ist es so
beschaffen, daß es den Schall zu verschlafen und erst
durch das Echo zu erwachen pflegt. Er fuhr also hoch,

als der Spaß vorbei war und die Leute vom Padrone
die Saläre oder Lösegelder verlangten. Es war ebender
Euro, mit dem sie sich so ungenau verständigten, so daß
sie nur schreien und heulen konnten. Der Großvater war
längst auf den Beinen, um das Problem zu beheben. Er
habe es, fluchte er, in der *Atmosphäre* gefunden, der dik-
ken Luft der Ver-, der Behältnisse. Und Flick begann, die
Planen aufzuschlitzen und Öffnungen einzuschneiden,
um den Überdruck / die Unterdrückung zu mindern. Luten schlüpfte unversehns ins Freie. Die Slawen wünsch-
ten jedoch diesen Ausgang nicht und fürchteten die
Befreiung, das Ende der Slawerei, und wendeten sich
gegen den Deutschen, der ihr Dasein bedrohte. Sie hätten ihn, wie eine Tomate, unten am Stiefel Italiens ...
Der Padrone hatte die Carabinieri verständigt, welche,
mit ihrem Werkzeug, aus der Deckung kamen. Sie griffen drei Afrikaner heraus und trieben sie in die Enge mit
den Fragen nach dem Woher und Wohin, worauf vom
Wieviel keine Rede mehr war und die übrigen das Weite
suchten. Da konnte der Chef das Entgelt behalten. –
Die Hunde setzten den Flüchtlingen nach; von Luten
aber, der schon ein Hund gewesen war, ließen sie ab. Er
lief über die karge rote windige Tafel in einen letzten
dunklen Wald, wo sich einmal ein anderes Kind von
Apulien erging, das auch in dem offenen blauen Himmel
unter den Buchen, Eichen und Linden in Rausch ge-
riet.

Vierzigstes Kapitel,
führt Geister und Gespenster vor und läuft weltweit.
Workingman's Death

Als Flick wieder der grauliche Tag umfing, senkte sich
der Himmel trübe und schwer auf seine Scheitel. Hier
hinten im Norden lag die Welt farb- und gestaltenlos um
den Ermatteten, und er bedachte still sein abgenutztes
Leben. Hat Er es (fragte er sich) recht verbracht? Hat Er
seine Knochen bewegt? Oder hat Er (fragen wir veral-
tet) Schaden genommen? Red Er! Das Problem war,
ob er es jetzt noch, in diesem Abschnitt, herumreißen
konnte. Viel Zeit bliebe nicht, den Schaden zu beheben!
Wie er so seinen Kontrollgang um sich herum machte,
sah er an einem Gebäude eine schreckliche Mitteilung
angeschlagen:
WORKINGMAN'S DEATH.
Sie war in so großer Schrift und öffentlich angebracht,
daß sie wie ein Hilferuf wirkte. Luten, des Englischen
durch seine dröhnenden Ohrstöpsel mächtig, durfte
ihm übersetzen; doch ob der Tod eines Einzelnen oder
des Arbeitsmanns schlechthin verkündet wurde, wußte
der Drömel nicht. Dieser verwerflichen, aber womöglich wahren Reklame mußte man nachgehn, was immer
einen (alle) erwartete! Man mußte den Fall ins Auge fassen, solange man lebte. – Sie gingen also an den Unglücksort und hatten zwei Billette zu lösen. Es hieß, die
Vorstellung habe schon begonnen, und sie wurden, in
einem Hinterhof über verwinkelte Stiegen eilend, in

einen kleinen dunklen Raum gewiesen, wo sie wider Erwarten ganz alleine waren. Sie ließen sich in die Sessel
nieder, ohne sich anzuschnallen, um rasch reagieren zu
können, wenn es drauf ankäm.

Als Flick nun zusah, was hier lief, gewahrte er auf einer
hellen Fläche doch einige Männer, die leichtfüßig hinter-
einander herhasteten. Er konnte sich gleich in die Reihe
stellen und mit der bunten Truppe mitlaufen, und also
ging es rasant bergan, und sie wurden, wie von Zauber-
hand, in eine fremde Landschaft getragen. Es war ein
gefährliches Gebirge, wo man die Augen aufsperren
mußte, um sicher voranzukommen. Die Männer – sie
wurden als *Geister* bezeichnet – huschten aber, in dem
gelben Nebel, an ihm vorbei hinweg. Flick ließ sich nicht
beirren und ging ihnen in seiner Vorstellung entgegen,
wo die Felsenwände schroffer wuchsen und die Dün-
ste immer dichter flogen. Gleichwohl wurde es Tag. Es
blieb keine Zeit, die Dinge zu bedenken oder Anweisun-
gen zu geben. Sie schleppten jeder an einem Trageholz
zwei Bambuskörbe, aus denen Gesteinsbrocken ragten.
Das unaufhörlich federnde Knirschen der Joche gab
eine eigentümliche Musik, die seine Flechsen wohlig
kratzte und seinen, vergleichsweise dicken, Leib hüpfen
ließ. Während die Geister über zierliche Brücken tap-
pend in der Tiefe verschwanden, gelangte Flick (und
Luten neben ihm) hinauf in einen Krater, in dem ein
blaugrauer heißer See dampfte. Sie waren in der *Küche,*
und wirklich kochte, spuckte und sprühte es aus allen
irdenen Töpfen, und der flüssige Schwefel rann aus

Röhren an die harte Luft. Man konnte förmlich zusehen, wie die orangetrüben Pfützen zu hellen Platten verharschten, die mit langen Stangen losgebrochen wurden. An diesem fantastischen Ort vergaß Flick ganz die Gefahr, in der man war, denn die Männer sahen sich vor, stopften sich Tücher oder die Ärmel der Blusen in den Mund, liefen drei Schritte gegen den Hang in die beißenden Schwaden, die Flick (der mit offenem Mund dasaß) den Atem benahmen, und sprangen nach wenigen Minuten zurück, um würgend zu husten und auszuspeien. Sie beachteten auch genau, wieviel Stücke und Splitter sie in die Körbe luden, damit sie sie eben noch tragen konnten, ohne die Schultern zu zerreißen, und tarierten ein Weilchen die Lasten, um ein schönes Gleichgewicht zu schaffen. Dann nahmen sie ihr bizarres Gepäck auf, und die drahtigen Körper strafften sich zu Posen, die dem Mann aus der Lausitz bekannt vorkamen und die nun hier, in Indonesien! vorgeführt oder inszeniert wurden. Aber natürlich hatten diese Wesen nichts mit den wirklichen Menschen zu tun, die er kannte, und die geschickte Nachahmung hatte etwas Armseliges. Darum blieben auch die Touristen stehen und fotografierten das Pack für ein paar Rupien, wenn es rastete, daumendicke Zigaretten rauchte und den in Bananenblätter gewickelten Reis verzehrte. Man hielt das fest, bevor der Tod sie allesamt kassierte. Und tänzelnd, wie auf dem Seil mit ihren Balancierstangen, stiegen sie, ihre ächzende Musik erzeugend, kilometerab zur Wiegestation und blieben, auch wenn sie lachten und zufrieden das

Salär einsackten, Geister, die die leeren Körbe in die Bäume warfen.

Flick schloß die Augen für eine Gedenkminute, und als er sie wieder öffnete, rauschte die Leinwand wie das Meer und nahm dessen düstere Farbe an. Er war an einen Strand versetzt, wo riesige Tanker badeten. Davor waren hochgewachsne, stumme Figuren montiert in bodenlangen Kitteln; eingerostete Bewegungen. Andere Gestalten hockten in einem eisernen Dom, in dem Lichter geisterten und schwere Beckenschläge hallten. Er ahnte gleich, daß es wieder Workingmenschen wären, zumal sie *Brüder* genannt wurden. Dafür sprach ja manches: daß sie sich ausschwiegen und mit ernster Miene ruhig werkten. Sie kratzten Öl aus dem mächtigen Schiffsrumpf, den er für einen Dom gehalten hatte, oder schweißten die endlosen Nähte der Spanten auf. Sowie sich Flick an sie gewöhnte, wollte er manches beanstanden, die Straßenschuhe, die leichten Kleider, aber die Vorschriften galten für diese Brüder nicht, sie hantierten mit bloßen Händen, ohne sich zu verbrennen, und ihre Vogelaugen blickten direkt in den Funkenflug. (Luten dagegen barg sich in der Kapuze.) Sie schienen gegen die Gefahren gefeit. Sie hingen kopfüber an Eisenträgern, und andere unten im Sand erwarteten, in lange Trossen gespannt, die kolossalen Segmente. Flick atmete schwer, und hob mitunter die Arme, um die Wahnsinnigen zu warnen. Die wurden von Zurufen gar nicht erreicht! Er konnte ihnen folgen bei den langsamen (wie erborgten) Griffen, aber das ganze Tagwerk blieb ihm unbegreiflich. Man kam nicht hinter ihr Geheimnis.

Es sind Gespenster,

keuchte er, und Luten, der cool im Sessel saß und den Scheiß begriff, erklärte:

Das sind –

Schweig, fahre ich ihm übers Maul, weil begriffne Gespenster keine Gespenster mehr sind.

Sie standen dann (die Todgeweihten) hundert Meter über der Flut auf einem Deck, das losgeschweißt wurde. Flick rückte den roten Helm fest und schloß den Karabinerhaken an Lutens Gürtel an. Er hörte wieder das Rauschen (oder war es sein Blut) und sah auf den öligen Strand vor dem unermüdlichen Meer. Was immer diese Männer machten – und er legte die Arme um sich und umarmte sich: es gab die Arbeit noch, oder etwas Ähnliches, Fürchterliches in dem pakistanischen Schrotthafen, oder in anderm ungeheuren Zusammenhang. Ihm ging das Herz auf vor Entsetzen und Begeisterung, und er griff nach Luten, der es miterlebte. Der noch leben würde! Der ungeheure Rohstoff ging nicht aus. – Ein gewaltiges Knirschen durchzitterte das Wrack, und vor ihren Augen stürzte das gigantische Stahlstück, auf dem eben noch die Männer gekniet hatten, in die aufgischtende Tiefe. Den alten Hasen überlief es heiß und kalt, und er schlug, in den Schlachthöfen und Regenwäldern, Haken. Luten glaubte fast, ihn schluchzen zu hören. Die Vorstellung war längst zuende, aber der Alte erhob sich nicht und lag mit breitem Grinsen im Stuhl, Schweiß perlte ihm von der Stirn, und seine Glieder zuckten. Stirbt er jetzt? dachte der Junge, ist er erlöst? und er löste sich von dem Gurt; oder will er den Film noch einmal sehn, bis zum Verrecken? Großvater, come on!

Einundvierzigstes Kapitel
oder: eine melancholische Landschaft

Der Einsatz steckte Flick noch in den Knochen, obwohl er, in dem Kino, wenig hatte verrichten können; diese unterhaltenden Jobs haßte er, anstatt sie zu genießen. Er wollte selber zufassen und dachte nur immer, die Pfoten dabei zu gebrauchen. Vielleicht war sein Schaden, daß er nicht arbeiten konnte, ohne realiter zu wühlen, und kein Denken kannte, ohne es gleich, wie Erdhaufen, *umzusetzen*. Wenn er Bücher gelesen hätte, wäre er womöglich zu retten gewesen, und er hätte erfahren, daß bloße Worte bewegen und verwandeln können. Sein müdes Material waren aber Maschinen; nur der eine muntere Mensch war die Ausnahme, die er bearbeitete. – Er baute mit dem Jungen wieder ein Fahrzeug auf, das war, anstatt einer Lehre, fast ein Meisterstück. Sie erfanden das Fahrrad noch einmal und kreuzten es mit einer Zündapp, regenwassergekühlter Zweizylinderboxermotor im Rohrrahmen mit Teleskopgabel, Sprungfedersattel, für die Hinterradführung sorgte eine alte Schleppschwinge, hydraulisch abgestützt, als Extra ein fest angebauter Seitenwagen. Der Alte schlief darin ein, und das Luder gab Gas und fuhr über Land oder durch die Länder.

Sie hatten kein Ziel und machten keinen Halt, wie die Menschheit, so kamen sie weit und wußten nicht, wo sie waren. Was Wunder, daß sie in eine bedenkliche Gegend gelangten. Schlaglöcher kündigten sie an; vernachlässigte Orte und, von Menschenhand, zurückgenommne Fabriken. Flicks Funktion war, die Notbremse zu treten – der Fuß lag auf dem Pedal, wenn die Hühner auf der Fahrbahn zauderten; welche in Abgründe führte. Luten bog erfreut in eine riesige Müllkippe ein. Sie schien ein Zement- oder Aluminiumwerk gewesen zu sein, dem Verfall überlassen und zum Dank pulverisiert. Ein Industriekadaver, aus dem die weißen Eingeweide quollen, Plasteschlamm, wovon sich magere Kühe nährten. Mauern und Dächer waren schon fast im Boden verschwunden, und Rauch und Jauche lagerten in schwarzen Senken. Es war nicht das Ende der Welt, aber der Arbeit (weshalb die Heimatdichter vom *verschwindenden Europa* berichten). Doch blieb das Areal von kleinen Brigaden bevölkert, die sich an dem Nachlaß zu schaffen machten. Kinder, die nur erst spielten, und Alte, die sackhüpften (: irgendwas einsackten). Flick war nicht klar, ob man die Gnome ansprechen konnte oder sie aus dem Bild laufen würden, es war ja eine unwirkliche Szenerie. Er ließ sich destruiert an einer Bretterwand nieder und übergab dem Nachfolger die Sache und machte ihn zum Chef auf dem Platz.

Das war nun Lutens Stelle anstatt einer Anstellung, in

einem Schuttberg anstatt einer Werkstatt, bei den Verlumpten anstatt der Belegschaft; und er nahm den Helm und das Signalhorn entgegen zum Zeichen seiner Anstatthalterschaft. Nun konnte er zeigen, was nicht in ihm steckte, und Flick konnte nicht sehen, was nach ihm kam. Er schlummerte ein, und der Junge hing herum und stieß in die Tute. Tatsächlich reagierte das Revier und lugte achtungsvoll herüber, und die Kinder sammelten sich im Müll um den Messias. Luten war auf das Regiment gar nicht vorbereitet, doch groß genug, um (eine neue) Ordnung zu machen. Er schritt sein Reich ab, um Unrat und Untat zu wissen. Seine junge Herrschaft verfügte über die größte Ressource: unhaltbare Zustände! Hier mußte man als Gleicher unter Gleichen handeln. Das verschwindende Europa war herrenlos (= Gemeinbesitz); daraus folgte a) daß alle sich bedienen konnten, b) daß es allen dienen sollte. Auf dieser verschollenen Grundlage hatte sich sein gerechtes Denken gebildet. Da er keinen übersehen wollte, zählte er seine Leute, und weil sie sich wohl was erwarteten, hoben sie die Finger und nannten ihre russischen oder rusinischen Namen. Auch die abseits standen rief er an und ließ sie gelten. Man betrachtete ihn als frohen Botschafter, den man akkreditierte. Er entließ sie auf den Acker, und als hätten sie ihren Sinn erfaßt, packten sie sich an den Schultern und stampften einen rossinischen Tanz in den Dreck.

So begann ein Leben ohne Zwang und Drang, wo man lungerte, anstatt was zu leisten. Die zehn Verbote waren

aufgehoben, und geschrieben stand: liebe den Über-
nächsten und im Schweiß deines Angesichts sollst du
Schnaps trinken, und ein geläufiger Spruch war: du sollst
deine Mutter ficken. All diese Weiterungen ließ der Gerechte zu, damit ihr Unwille geschehe und sie erlöst würden vom Üblichen. Warum sollte er sie nicht in Versuchung führen. Niemand weiß, wes die Elenden bedür-
fen, ehe sie darum bitten. Solchen nüchternen Fantasien
gab er sich hin wie der Verf. des Machwerks, das nun erst
begreiflich wird. Nur merkwürdigerweise erhob sich kein
weiterer Anspruch an die Philosophie der Praxis, und es
erlosch bald das Interesse, das Gemeingut auf den Haufen zu schaufeln. Denn man nahm das weiße Pulver nur
in winzigsten Mengen, grade was sie auf ein Zettelchen
häuften; und obwohl sie so wenig konnten, liefen sie mit
geheimen Mienen herum und kolportierten ihre Ware,
als sei sie mit Gold gewogen. Auch Luten kostete sie, der
keine Mahlzeit auslassen wollte, und fand Geschmack an
der Probe. Das hob seine Stimmung, und er torkelte
über sein Land und blies bekifft in das Horn. Da sammelten sich die Heroen wieder, um sich zu wundern.
Daß er sie so laut meldete, gefiel ihnen nicht. Er sah die
schlimmen Finger und zählte sie wieder an, und die sich
verdrückten rief er bei den Namen, die er sich gemerkt
hatte. Er wußte, daß er sich keine Freunde machte, wenn
er in ihre Taschen griff, aber auch untereinander waren
sie aufgebracht. Sie faßten sich an den Kehlen, wie um
sich Sprache abzuringen, Russisch und Rassisch, und
zerstampften sein Kornett.

Flick erwachte und sah das flackernde Bild, auf der weißen Leinwand, die im Wind schlug. Irgendwer zog eine
Pistole. Er wollte aus dem Film heraus und fand die Tür
nicht, und konnte nicht verhindern, daß die Schüsse
krachten. Er blickte zu dem Lehrling, der wie eine Lilie
im Felde war und wuchs (anstatt was zu werden), und
dachte ungefähr, was die Verse sagen: Spiele, liebliche
Unschuld! Noch ist Arkadien um dich / ... / Spiele, bald
wird die Arbeit kommen, die hagre, die ernste / Und der
gebietenden Pflicht mangeln die Lust und der Mut.
Dann trat Flick in die Menge; am Boden lagen zwei ge-
krümmte Aggregate in dunklem, versickerndem Ma-
schinenöl.
Wo ist das Problem,
schnarrte er: was liegt an?
Es war nicht das Ende der Tage, aber des Schwanks.

Zweiundvierzigstes Kapitel
wo die Haderlumpen auf der Bleiche liegen

Als unsere Helden resp. Lumpen lange genug gerupft
und gewalkt, gerissen und gerieben worden waren, daß
man sie hätte zu Papier verarbeiten können, kamen
sie dem Verf. noch einmal in die Finger und wurden
schmutzig gemacht. Sie verdüngten sich nämlich ... sie
verdingten sich, sie dünkten sich – wird die Zentrale
schlau aus ihnen? (Sie könnte ihnen, um einen Punkt zu

machen, ein Grundeinkommen, eine *Existenzsicherung* zusprechen, doch dergleichen Wohltat ist nicht unser Genre. Es ist nicht im Sinne des Erfinders, sie in ein Gesetzeswerk zu entlassen, wo sie versorgt und abgespeist sind, um vergessen zu werden.) Eine andre Instanz kann sich kümmern … und ich wecke sie also früh um 6, oder lasse ich sie schlafen und schicke sie vormittags los nach Lauchhammer West. Die Maßnahme *Ertüchtigung Luschtgraben* liegt an, Grundberäumung; das fällt mir ein und nicht dem Amt, in meiner Not, in der ich Flick rufe … und er natürlich das Luder mitbringt. Denn diese Worte, Ertüchtigung, Lustgraben, klangen gerade so, als könne er den Kerl seiner Bestimmung zuführen. So kam er mit ausgeschlafener Laune und derjenige mit ungewaschnem Trotz. Sie fanden ein fauliges zugewachsenes Fließ. Es gab tausende solcher nutzlosen Fluder, die nicht mehr gebraucht wurden. Das hatte sich schlammig zur Ruhe gesetzt und sollte wieder fit gemacht werden. Ein kleiner Bagger stand einsam bereit, und wie von ihrem Erscheinen elektrisch geladen, begann er zu brummen und den Grund zu schlürfen. So ungeschickt er fuhrwerkte, war ein Mensch darin zu vermuten, der durch die dreckbespritzte Scheibe nicht zu erkennen war. Flick beschränkte sich darauf, von der Böschung aus Kommandos zu geben, und Luten mußte sich, das Los des Hilfsarbeiters, in den Graben verfügen und die Strünke aus den Zähnen der Schaufel ziehn. Das waren aber fest im Boden bzw. am Bagger verknotete Wurzeln, die er, im Modder rudernd,

mit seinen Ärmchen kaum loswürgen konnte. Der Mann
im Bagger raunzte:

Faß!

und hatte es selber nicht eilig, Befehlen zu folgen, und
predigte aus der Kanzel:

Wers eilig hat, verliert nur Zeit.

Bei diesen Worten erkannte Luten den Vater bzw. den
Räuber, den man gefaßt und zur gemeinnützigen Arbeit
verurteilt haben mochte. Der hatte natürlich von dem
Bagger Besitz ergriffen, in dem er behäbig saß und die
dicken Finger leckte. So war der alte Hausstand wieder
hergestellt. Luten wischte sich den schwarzen süßen
Schlamm aus den Augen, und ein Freudenstrahl schoß
ihm übern Rücken, und er vergaß, daß er in der Moor-
lake stand. Der Familienbetrieb hatte nur den Nachteil,
daß die Teilung der Arbeit nicht ernstgenommen wurde
und Bernie nicht auf den Alten hörte und Luten sich
von Bernie nichts sagen ließ. Darum verkeilte sich der
Bagger im Holz und war nicht mehr durch Zureden zu
bewegen, doch auch Bernie saß fest, weil er zu dick war
für das Gehäus, in dem er steckte wie zum Roboter ver-
staltet. Den konnte man (wußte Luten) erst recht nicht
ansprechen; es schien aber geraten, Mensch und Maschine zu trennen und dem Dicken aus der Klemme zu
helfen. Sie hatten Zange und Hammer und die Blech-
schere bei sich, das Brecheisen war auf dem Commissa-
riat in Vergèze geblieben. Nun drängte auch der Roboter
plötzlich zur Eile und verlor die Nerven, und der
menschliche Teil kippte, mit der fleischigen Schulter

voran, aus der Büchse, so daß er der Länge nach im Graben lag. Luten konnte nicht anders, als lachen bei der Begegnung, weil sie ihn herzlich freute, denn kein anderer als sein Vater war so *tüchtig* geworden. Der verstand den Spaß nicht und kam mit dem massigen Körper hoch, nur um das Lachen zu hören. Flick saß schon im Bagger und bugsierte ihn aus der Engnis. So nah war man sich lange nicht gekommen, und Bernie langte dem Jungen hinter die Löffel. Der Hilfsarbeiter ermannte sich und stieß mit beiden Fäusten den Facharbeiter vor die Brust, der sich, schwer wie er war, rückwärts niedersetzte. Als der Meister das Ungeschick sah, war er gleich vor Ort (im Schlamm) und griff ein, griff sich also den Proleten und rang mit ihm, der seinerseits den Kuli in den Kniekehlen faßte und mit hineinzog, dergestalt, daß sie an der Dreckarbeit waren, als die Zuständigen vom Frühstück zurückkehrten. Die pflanzten sich an die flache Böschung, und da sie einen der ihren nicht lange verleugnen konnten, halfen sie dem aus dem Graben; der sich mechanisch zu seiner Maschine bewegte. Auf der Sohle aber ging die Maßnahme weiter und schleppte sich hin, so lang der Lustgraben war und die Wut dauerte, und als die beiden herausstiegen, mußten sies ausbaden.

Es gibt in dem Wasserwald, von der Spree umarmt, eine *Bleiche*. Wie sie nun schlammverkleidet am Eingang vorüberschlichen, blickte man starr den schwarzen Gestalten nach, die gradewegs von der Moorpackung kamen. Das waren Flick und der Enkel, vom Waschzwang besessen. So gingen sie durch, in die Badetenne, und als man sie suchte, waren sie im weiten Wasser verschwunden. An den dunkleren Fluten konnte man sie entdecken, weshalb sie ans andere Ufer schwammen, wo ein offner Kamin sie wärmte. Der buk sie aber wieder in ihre Kruste ein, und sie mußten sich in den Whirlpool wagen, um sich schälen zu lassen. Hier hatte man, scheints, wieder ein Auge auf sie und reichte ihnen aus vollen Kannen Wasser, um sie zum Sprechen zu bringen. Auch wurden weiße Tücher extra zurechtgelegt. Sie merktens aber und flohen, darin eingehüllt, in das Dampfbad, wo man unsichtbar war, wenn man Wasser auf die heißen Steine goß. Als sich auch der Dampf und Brodem bräunlich färbte, wichen sie hinaus und versteckten sich im Kälteraum, dem sogenannten *Gletscher*, auf dem es einsam war. Da nun die Haut blau anlief, brachen sie die Tour ab, um unbemerkt in den beheizten Außenpool zu driften. Jetzt waren sie kaum noch zu unterscheiden von den sauberen Gästen, die in den großen Möbeln am Beckenrand wohnten. Das war ein wunderbares wohliges Leben der helleren Nationen; sie aber, fühlten sie, waren noch besaut und besudelt. Wie sehr sie sich wuschen und schrubbten, sie spülten das nicht ab. Sie kannten das Lied.

Ah, der Erde Segen ist so groß
Und des Himmels Regen ist so reich:
Warum langt es für die einen bloß
Und die andern nicht zugleich.

So haderten sie mit sich und lagen in der Lauge. Was

aber an ihnen war, wußten sie nicht, als daß sie sich dreckig fühlten, aussätzig, irgendwie grau und dunkel. Die Mühe, *den Grund zu beräumen*; so schürften sie ihre Schande. Das Langen ins Nichts der Tage / der Letzte, Ungelernte im Drecke. – Es war wie ein Heilschlamm, in dem sie sich suhlten.

Sie ruhten bei diesen Empfindungen hingestreut, auf der Streuobstwiese, wie halbgewalkte Lumpen oder nasse Laken im Gras. Was war ihre *Bestimmung?* Es ist doch einmal die Mühe werth, zu wissen, warum ich da bin, und was ich vernünftiger Weise (Waise) seyn soll. So war das einmal ausgedrückt und ausgewrungen; und sie lagen auf der Bleiche, wie das feine schuldige Linnen.

In die Bleiche gehörendes, noch dunkleres Material. Im Schwimmpfuhl saß Flick ein älterer Mann gegenüber, Bürstenhaarschnitt, goldene Brille, der in Ketten hing. Er wollte sie auch nackt nicht ablegen. Der hatte Übung beim Erholen, und seine Rückenwirbel fanden die Wasserdüsen. Flick suchte seinen festen klaren Blick und scheute sich nicht, ihn nach seinem Beruf zu fragen. Was heißt Beruf,

sagte er: er werde gerufen. Er sei zur Stelle, wenns brennt. Er komme, wenn nichts mehr geht und das Problem unlösbar scheint.

Flick: Ein Einsatz!

Feuerwehreinsätze, in den Betrieben. Bei kniffligen Konzepten, die das Management nicht bewältigt und an die sich die Führung nicht traut. Abwickeln, Outsourcen, Sanieren. Man zieht einen Profi aus dem Pool, und er übernimmt den Fall. Dann atme die Leitung auf und werde ganz ruhig.

Ein Knochenjob,

sagte Flick und hing schlaff in den Sielen.

Interim Manager,

erklärte der Mann, und schlug die Hand in den Sud. 1000 Euro Tagessatz. (Die Zwischenzeiten konnte er wohl im Bad verbringen.) Flick sah ihn unverwandt an, seinen Doppelgänger in einer anderen Liga.

Der Weg ist ganz einfach, sagt Christoph Deinhard. Ich fange irgendwo an, beim Pförtner z. B. Ich stelle 4 Fragen: Was machen Sie? Was halten Sie davon? Was würden Sie gern machen? Mit wem würden Sie dabei zusammenarbeiten? Dann lasse ich mich weiterschicken zum nächsten – fünfzig-, wenn es sein muß, hundertmal. Mein Weg führt eher zufällig durch das Unternehmen, am Ende weiß ich, wie der Hase läuft. Die fähigen Leute bringe ich hinter mich, und dann wird der Hase gejagt. Zur Not auch aus dem Haus.

»In Ordnung. Das schaffen wir schnell« (: dachte Flick). – Die Performance wird an der Quartalsbilanz gemessen. Nach dem Relaunch verläßt du die Firma. – Ihre Oberkörper lagen, wie auf einer Altenburger Skatkarte, an der Gürtellinie aneinander, und die Fußsohlen berührten sich unter Wasser.

Dreiundvierzigstes Kapitel
was den Lesern und auch Nichtlesern Asyl gewährt

Die Streuner und Stromer von Berlin sagen sich einen Ort, wo sie bleiben können ohne zu wohnen, dösen ohne zu danken, rasten, nur um zu ruhn. Man kommt und geht, sitzt oder steht. Sobald man durch den Windfang ist, ist man auf der sichern Seite. Man wird erwartet, und nicht belegt. Man schlägt ein Buch auf und schläft geschlagene Stunden. Man wird überlesen; man liest sich durch. Wer je bis zum Morgen gastierte, weiß nicht, wann er wachte und träumte.

Auch die Leser und Leserinnen kennen das Asyl, und als Flick hereinkam, weil die Rolltreppe stand, erkannte man ihn und traute ihm zu (in seiner Montur), daß etwas geschieht. Doch Ludwig war anderswo abgefahren, und der Alte verfolgte ihn und fand ihn im Untergeschoß, die Kapuze über die Kopfhörer gezogen. Der war für die Welt verloren in dem von Gespenstern gemachten Lärm, und Flick sah sich auf andern Etagen nach Arbeit um. Er wurde in die Abteilung Wirtschaft verwiesen. Dort saßen auf langen Bänken die Ökonomen (aus Karlshorst?), müde Dispatcher und Bandwärter, die scheinbar die Friedrichstraße bewachten. Er sah soweit keine Störung und stieg in den Mannschaftsraum über den Romanen, wo in den weißen Polstern die Nachtschicht ein Nickerchen machte. Er nahm zum Zeichen, daß er hergehört, ein Buch in die Hand und bettete sich unter einem Strahler. Und als er es untersuchte, indem er einfach blätterte, ereignete sich (darin) etwas, da zwei, nein drei sich liebten, in eine Notlage kamen und eine Lösung gesucht oder eine Loslösung versucht werden mußte. All diese Bücher behandelten offenbar das Problem: und an den Mienen las er, wie schwierig es war. Ein ganzes Sortiment solcher Vorfälle war hier vorhanden. Er hatte dergleichen nicht ins Schichtbuch eingetragen oder als Ausfallzeiten vermerkt, denn was sich ihm derart näherte und zuneigte, hatte er nicht weiter wahrgenommen. Nicht einmal die Verkäuferinnen bis jetzt eines Blicks … und ihre fast nackten Brüste *gewürdigt*. Als er jetzt aufsah, bemerkte er die Bettgestelle, die in allen Stockwerken standen, mit Büchern und Deckbetten beladen, über die man steigen mußte, um an die Kassen zu gelangen, und auch die Verkäuferinnen, junge Studentinnen, knieten in diesen Pfühlen, wenn sie ihre Empfehlungen machten. Gewiß hatte es solche Lager auch auf der Strosse oder dem Holzplatz gegeben (es sollte ihn nicht wundern bei dem Schichtbetrieb), und irgendein Autor Kafka hatte die Betten ins Büro und in den Gerichtssaal gerückt, wo sie, was der Unbelesene nicht ahnt, Unglücke verursachen und Katastrophen auslösen. Über den Buchrand blickend, entdeckte Flick das Getümmel auf den Treppen und Gängen, gefährliche Umarmungen, Umbeinungen, in jedem Winkel drängten die Leiber einander. Das ganze Haus war von dem Wirbel erfüllt – und eben ging eine Frau an ihm vorbei – und er las oder träumte:

»Die Frau, die eben an mir vorbeiging, gönnte ich niemand. Es war für mich furchtbar, daß sie hereingekommen war, aber nicht zu mir, es gab nur etwas, was ebenso furchtbar hätte sein können: wenn sie nicht hereingekommen wäre.«

Der Eintrag war sachlich richtig, er fand nichts zu korrigieren, aber in ihm selbst war etwas durcheinander, aus dem Takt geraten, und sein Herz pochte. Ein sonderbares Gefühl überkam ihn, ein glücklicher Schmerz, als wäre er eins mit sich und zerrissen. Solche Fachbücher hatte er nicht benutzt, und nur die *Briefe zur mechanischen Erziehung des Menschen* herangezogen. Dies hier war eine andere Arbeit, wie geschrieben steht: *Man lebte mit, konnte Lebensläufe wie Kleider durchprobieren, ohne Gefahr zu laufen, selbst am Galgen zu enden; und man a r b e i t e t e; aber man bemerkte es nicht.* Er wäre, bei der Arbeit, vermutlich zu Verstand gekommen, oder eingeschlafen; es konnte ein unterhaltsamer Einsatz sein, wenn man Sitzfleisch hatte. Denn nun standen pötzlich die Frauen um ihn, die er gesehen, aber nicht angesehn, die er gesprochen, aber nicht angesprochen hatte, weil er nicht in ihnen gelesen hatte. Karin, Elise, Marianne, diese Mittagsfrauen. Eine Last hängte sich in seine Glieder, und eine herrliche Kraft erhob ihn, und nur etwas hätte ebenso furchtbar sein können: wenn sie nicht um ihn gestanden hätten. Er fühlte, was ihm fehlte … was er nicht flicken konnte, und in Tag- und Nachtschichten war es nicht zu montieren, das Dasein, der Sinn. Es wechseln die Zeiten. Die riesigen Pläne / Der Nächtigen kommen am Ende zum Halt.

Er träumte, oder schlief; er war nicht zum Lesen gemacht. Das lernt man im Kindesalter, mit der Buchstabensuppe. Die Enkel lesens besser aus.

Der seine meldete sich am Morgen und legte einen Stapel Bücher ab; er hatte sich nicht für eins entschieden und gerechterweise in viele Regale gelangt. Flick registrierte:

Schulze: 33 Augenblicke des Glücks
Watzlawick: Anleitung zum Unglücklichsein
Becker/Mickel: Bildatlas zur Geschichte der Produktivkräfte, Bd. 1 – 5
Bräunig: Rummelplatz
Malraux: So lebt der Mensch (– und nicht der Hund)
Tendrjakow: Menschen oder Unmenschen
Hilbig: Die Weiber
Calvino: Kybernetik und Gespenster
Maar: Die ganze Welt mit allen ihren Seiten
(wann wollte der Junge das lesen und gegenlesen?)

Da die Kundschaft die Kladden, worauf sie zwölf Stunden gelegen, keineswegs kaufen würde, befahlen die ordentlichen Verkäufer, die den Dienst antraten, pfleglich mit ihnen umzugehen und sie wieder an ihren Platz zu stellen. Flick half der Ratte, das Lesefutter unters Sofa zu schieben, wo man es finden konnte. Wie Flick & Co hinausgingen, sah der Alte ein Machwerk: *Die Flicks. Eine deutsche Familiengeschichte über Geld, Macht und Politik*, und von den Dämonen ergriffen, steckte ers in die

Tasche. Gegen diese papierne Existenz kam ihm die seine wie eine Erfindung vor, obwohl er doch lebte (wie die Leser wissen); nur von andern Begriffen. Er wollte sein Schichtbuch in die Lücke schieben, aber er soll es lassen und nichts durcheinanderbringen, die Nacht hat zwölf Stunden, dann kommt schon der Tag.

Vierundvierzigstes Kapitel
zeigt endlich, wie Luten sich anstellt

Jetzt sollte ernstgemacht werden und Ludwig auslernen. Und *Ludwigsfelde* war ein Ort, der sich anbot. Es wäre gelacht, wenn das keinen Schwank ergäbe, der dem gleichlautenden Luder die Lehre erteilt. Dort waren *im Zuge der Binnenkolonisierung und Repeuplierung* Werke wiedererstanden, wo unter jeder Regierung gearbeitet wird. Man müßte einen Vetter finden in der Wirtschaft. Flick sagte also (zu Ludwig), man habe ihn so genannt, damit er den Namen führe, wenn er dorthin käme, wie gerufen nämlich. – Wir können nun ins Landbuch sehn und der Scherze achten, die das Leben schreibt, um abzuschreiben.

Ein Ungelernter, der auf dem Rummel in … seine Biere trank, hatte den Wahlspruch am Shirt: ARBEIT = SCHEISSE. Ein fein gekleideter Mann und Manager mit Manieren, dem das Wesen nicht paßte, wandte sich nach ihm um und sagte: wenn er sich wüsche und die Haare

schnitte, verschaffe er ihm acht – nein, das Leben über-
treibt – einen Job. So redete der Großsprecher, und der
Bengel war nicht schlecht beraten und ließ sich von der
Mutter die Glatze schneiden und um den dünnen Bart
gehn. Bärbel schlug noch ein Eigelb hinein, um ihn
ordentlich aufzumischen, und rückte eine schwarze sei-
dene Bluse heraus. So gab er ein Paßbild ab, das man
küssen konnte.

Ludwig erschien mit Eskorte (der Opa) in den Werken
von Lu, um die Lehre zu finden oder nichts weniger als
Erfinder zu werden. Weil *Ludwig* nun so gefiel, und sein
Name den Standort beglaubigte, stellten sich alle um ihn
und wußten eine Stelle. Der Manager frug den gebügel-
ten Spund: wo er gern arbeiten wolle, im Büro?

Ja, und im Werk und im Gelände.

Was er denn am liebsten mache, rechnen, schrauben
oder drehen?

Ja, und malen und montieren.

Man beguckte das Wunderkind, das zu allem begabt war,
und sein Gönner erkundigte sich vertraulich, in welcher
Sparte es sich hervortun wolle: Consultant oder Con-
troller?

Und Mechaniker, Verformer, Zerspaner und Opera-
tor,

sagte Ludwig, weil er nicht genug kriegen und nichts
auslassen konnte.

Nun tuschelten die Sekretärinnen (zwei Schönheiten,
wie sie noch nie in Vorzimmern saßen), und man blieb
im unklaren; nur der Großvater wußte, daß man schon

mal mehr Berufe auf sich genommen, als man Bärbel aufrichten mußte. Der Chef, der den Findling nicht aufgeben wollte, fragte aber ironisch: was ihn denn eigentlich interessiere, Metall, Zement oder *Kies?*

Death Metal und TonSteineScherben,

entgegnete Ludwig, und sein Freund nickte: *Einstürzende Neubauten,* und strich ihm über die Rübe. Der hat einen Schaden (unterhandelte Flick), der nicht zu beheben ist, denn wo anfangen? – Man mußte dem Wünschen ein Ende setzen und zur Wirklichkeit kommen, und Ludwig wurde an einen Schraubstock gestellt, wo er schrubben konnte. Da hatte man sich für ihn entschieden, und er mußte sich in 1 Ding verbeißen, das nun seine Sache war. Er fing auch an, als wenn er von Fleißdorf wäre. Er ist (dachte der Ahn:) zum Arbeiter erhoben und in Funktion getreten. Und schaute aus der Entfernung zu, wie er sich dabei anstellt. Die beiden linken Pfoten kamen zum Einsatz und konnten nichts Rechtes. Sein Arbeitgeber war, wie die Werkbank, ein moderner Typ ohne Ölflecken. Das war ein Mensch aus der Kies-Klasse. Flick sah den Mann mit Respekt, den Menschen mit Unbehagen. Er blieb nämlich nicht vor Ort und ließ seine Seelen machen. Er hatte sie im Computer, so entfielen die Sitzungen und Produktionsberatungen. Das Management war perfekt, die Seele mangelhafte Ware. Es fehlte ihr die Stärke. Flick hauchte dem Seelchen ein, nicht müde zu werden und bei der Sache zu bleiben. Baute sich selber mit hin, daß man das Vorbild sähe; es hatte aber keine Wirkung, weil man auf Flickwerk trainiert war, Einsätze eben, und sich nicht zweie sagen ließ. Der Junge stellte sich vorne an und hielt hinten nicht durch und wußte wohl, was ihn erwartet, wenn er *angestellt* war und eingeschraubt in der Zwinge. Flick fragte sich und ihn, was aus ihm werden würde:

Nichts,

sagte der freche Hund, und der Alte lachte bitter:

Alles und Nichts.

Also ließ der die Feile fallen, um aus dem Werk ins Gelände zu wechseln und vielleicht ins Büro zu kommen. Er lief aber seinem Herrn übern Weg, der aus der Limousine stieg und ihn anpfiff. Das war ein Kosen und Necken, wie er ihn am Betonmischer einsetzte, wo das Arschloch schaufeln durfte, Zement und Kies einer schweren Klasse. Nur schien das nach wenigen Stunden wieder nicht seine Berufung, so wie er sich anstellte, als wenn er belehrt wäre, weil ihm die wunde Schippe aus den Pfoten glitt. – Man muß sich Sorgen machen bei diesen Begabungen, die nicht anbeißen; wie schon die Firmen sie auch nur zum Schnupperpreis kaufen, eh man den Lehrling bezahlt.

Fünfundvierzigstes Kapitel
Experimentum Mundi oder der Vorschein von etwas

Wer eine bloße Lustreise wagt, hofft nicht, daß sein Zug, den er in den Schlappen der Einbildung, obgleich nicht ohne den Fußtritt der Erfahrung tut, die historische Linie trifft. Doch muß er (will er nicht schwärmen) das Einfache fragen und das Doppelte sehn, den Menschen und die Gesellschaft; wie ja der Gängelwagen des Geschöpfes mit dem Eisenwagen der Geschichte zusammenhängt. – Luten trieb sich an den Lakomaer Teichen herum. Die Alte hatte Schmerzen in der Hüfte. Den zog es zu den Baumbesetzern, die diese Fischwasser schützten vor den Baggern von VATTENFALL. Die humpelte in der Küche, und man mußte fürchten, daß sie havarierte. Das waren zwei Baustellen, und Einer hatte die Aufsicht. Flick war am Tag an dem einen und nachts an dem andern Ort und sah die Sachen an. Was sollte er anordnen?

Die Großmutter, sagte Luten, sei ein Besenreiter. Wenn der nicht blöde war, konnte was dran sein; dann war sie abgestürzt, hingestürzt, und hatte es nicht gemeldet. Flick traute ihr manches zu, seit sie als Springerin in der *Badewanne* gearbeitet hatte. Das mußten jetzt heimliche Ausflüge sein, aber er fand den Stock oder Feger nicht, den sie benutzte. Er sagte es rundheraus und brachte sie und sich zum Lachen, und sie zeigte ihm ihren Schenkel, auf dem man deutlich das Zeichen sah, einen Flederwisch von roten Äderchen wie von einem Besenstreich.

Als er nun wollte, daß sie den Besen zwischen die Beine nähme und aufstiege, gestand sie, daß sies nicht mehr könne, weil die Hüfte schmerze, darum wolle sie keinen mehr besteigen. Der Enkel, meinte die Großmutter, sei ein Grüner. Ein grüner Junge natürlich, der seine Natur wörtlich nahm und aus den Flugblättern herauslas, die er dem Alten zeigte. Es war eine *Demo* angesagt, *so daß der Mensch in der Natur nicht mehr stehe wie in Feindesland, mit dem technischen Unfall als ständiger Bedrohung, zumal sich der Unfall auswächst zur Selbstausrottung,* usw. (Das schlug in Flicks Fach. Er stand auf der Seite der Bagger.) Die Demonstration war gemeldet, eine *gewaltfreie, direkte Aktion,* die versprach, *fantasievoll* zu sein. Flick sah sie kommen; es war aber die fantastische Staatsgewalt. In Gummi- und Eisenkleidern watete sie als Froschmannschaft auf die trockenen Wiesen. An ihrer Vermummung hinten: POLIZEI, wie bei anderem Spielzeug, und also trug sie durchschußhemmende Helme, Schienbeinschoner und stichfeste, schwer entflammbare Westen. Die eigentlichen Marschierer waren dann, wie gesagt, nur mit Fantasie zu erkennen. In Flicken gewandet, mit Perücken geschmückt, weißgeschminkt wie Clowns. Das war wohl die *Einsatzarmee, bunt und bereit zum Böllern,* die sich nicht anlegte, sondern den Kohorten Blumen schenkte und mit Staubwedeln die Helme wischte. Kinder, auf den Schultern gewiegt, bliesen Seifenblasen in die Visiere. Diese Aufständischen liebten ihr Glück mehr als die Gewalt. Unvermeidlich waren ihre Bataillone in Deutschland zu finden.

Flick sah zu, wie sie sich widersetzten (wieder setzten) und die Kohorten sehr kämpften, um an sich zu halten. Das war ein Durcheinander. Man mußte zwischen die Fronten geraten und konnte nicht ernst handeln. Die Hände: von Luftschlangen gebunden. Daß aber so viele sich einsetzten / im Einsatz waren für oder gegen die Bagger, ging ihm nicht in den Sinn. Sollte hier die Arbeit aufhören und der Mensch vom Plan verschwinden und sein Machwerk enden? Das würde das Ende aller Dinge sein. Dieser Gedanke hatte etwas Grausendes, weil er an den Rand eines Abgrunds führte, und etwas Anziehendes, weil man hineinstarren mußte. *Endlich muß er doch auch mit der Menschenvernunft verwebt sein: weil er unter allen vernünftelnden Völkern, zu allen Zeiten, angetroffen wird.* Das war die Abbruchkante, dachte Flick erschüttert, der Geschichte. Die Alte zuhause hielt sich nicht auf den Beinen. Die Hüfte: ein Kugelgelenk; natürlich kommt es im täglichen Betrieb zu Abnutzungen. Sie hatten auf Verschleiß gefahren, die Schmierung funktionierte nicht, eine Reparatur stand an. Womöglich mußte man Gelenkpfanne und Hüftkopf ersetzen. Man kann diese Komponenten mit Zement fixieren oder mit dem Knochen verschrauben. Der Obmann wußte, daß die *Großmutter* (wie man alte Maschinen nennt) sich regelmäßig warten ließ und Flexion, Extension und Rotation überprüft wurden. Die Bewegungen waren eingeschränkt, die Bänder entsprechend verspannt. Gerade die normalen Dinge fielen schwer, er zog ihr längst die Strümpfe und Schuhe an. Aber der Schmerz in den Leisten, im

Gesäß, bis hinab in die Knie! Auch wenn der Alte, sie stützend, das Laufwerk entlastete; es grimmte, auch wenn sie ruhte. Er konnte sein Werkzeug stecken lassen. Er kam aber dicht an den Unfallort, und um der Person zu sagen, daß er in dem Fall nicht helfen könne, sah er sie lange an, d. h. er schaute ihr ins Gesicht wie ein Dummkopf, der nicht weiterweiß. Er konnte sie nicht in Ordnung bringen.

Ein Durcheinander, sagte er, wir sind durcheinander, und legte sich zu ihr, mit seiner breiten Seite an ihre schmale, als wenn er ihr eine Schiene anlegte. Die war aus festem Fleisch und wärmte bis an die Waden. Dieses Experiment hatte die glückliche Wirkung, daß die verzogenen Züge sich glätteten. Er spürte, an den Atemstößen: sie schlief und empfand die Nacht keine Schmerzen. Und er wußte ein Lied:

Ah, der Erde Segen ist so groß
Und des Menschen Leben nicht zugleich – .

Flick ging früh hinaus. Es war ein philosophischer Morgen. Es zog ein anderes Denken auf. – Der Mond stand noch als blasse Sichel am Zelt. Aber unten hatte man den Hammer genommen. Glasscherben, Holzlatten, Wackersteine. Mist, als hätte man die Sau durch die Welt getrieben. Die Wiesenwege, die Saaten zertrampelt, von welchem Narrenzug immer. Der Mensch, der seine Geschichte macht, ist ja wenig über achttausend Jahre alt. *Gerade wegen der prekären, mindestens noch unausgemachten Stellung des Menschen im Weltall ist der Laden* (steht angeschrieben) *ja noch keineswegs geschlossen.* Von oben winkte ihm einer, ein unverständliches Zeichen. Es war das Luder, das in einem Wipfel kampierte und die Stellung hielt.

Sechsundvierzigstes Kapitel
führt ins Übermorgenland. Die Agora von Goitzsche

Flick ließ sich vom Alter nicht beugen, es war nur eine Plage. Da hatte er nischt dawider, daß ein andrer zum Einsatz kam; und Luten vorfuhr und er den Nachsteiger machte, in den Seitenwagen. Es ging (hieß es am Straßenrand) ins *Land der Frühaufsteher*, aber was machen die am ganzen Tag? – Sie waren erst mittags losgefahren. Der Junge wollte vor Ort sein, wo verriet er nicht, es gab ihn vermutlich nicht. Der Weg führte nämlich in die Öde, wo es auch keine Landschaft mehr gab; man roch sie ja auch nicht mehr. Flick wußte jedoch, wo man war. Sehn wir uns nicht in dieser Welt / sehn wir uns in Bitterfeld. Hier lag die berüchtigte *Gottsche*.
Sie hielten in einer knietiefen Wiese, die sich selber gesät hatte. Das Restloch: ohne Zutun außerplanmäßig vom Hochwasser verfüllt (*zwangsgeflutet*). Nach hundert Metern Marsch ein kahler eiserner Wald. Der konnte nur mit menschlicher Hilfe gewachsen sein. Da hatten die Idioten lange Schienenstücke in den Boden gerammt, die ragten schräg gegen den Wind, um in Ruhe zu rosten. Hier würde nie mehr die Grubenbahn rasseln.

Luten zog den Alten auf einen Hügelrücken aus sandigen Kippsubstraten. Man mußte auf Schritt und Tritt achten, er war systematisch mit Betonfragmenten und Eisenschrott belegt. Gefledderte Industrie; ein Schlachtberg dekoriert mit zerschnittenen Baggerschaufeln und Schaken. Der Junge schien darüber keinen Schmerz zu empfinden. Sie witschten durch Stauden und Stachlicht auf Gleisschotterfelder und Fahlerdeflächen, von einem betrunkenen Betrieb ins Gelände geworfelt. Was ging hier vor mit der abgewickelten Menschheit, die nach dem Material ihrer Mühen greift, als müßte sie es aufs Neue sichten und sieben. Als hätte sies nicht zum richtigen Zweck genutzt. Und Flick erblickte plötzlich Berge, Spitzkegelhalden, zugewandert oder aufgeschoben von schwerem Gerät. Sie glimmten in allen Abraumfarben und kohledunkel, der Erosion überlassen. Die Flanken schienen zudem von Balken verkleidet. Hier mußten Künstler am Werk gewesen sein, der alten Arbeit verbunden. Seine Lupen waren verschliffen – so viel Sand hat sie gerieben, aber soviel sah er, daß da Betonschwellen lagen, quer hochgestapelt und an der Spitze des Bauwerks gegeneinandergestellt. Man durfte die zweckentfremdeten Teile herunterholen und in ein ordentliches Bette bringen. Er stakte hinauf; noch isses Tag, da rühre sich der Mann. Aber der junge Kollege wollte sie so und nicht anders liegen lassen. Der hatte die Arbeit ganz aus dem Sinn verloren, dem gefielen die *Pyramiden*. Denkmale der Werktätigen und ungenützten Kräfte, errichtet, um zu verrotten. Flick taumelte zornig herab, in einen

Graben, den das kluge Luder die Narbe nannte, und wirklich war ja die Landschaft verletzt und verheilt unterm Schorf, und dasselbe (Luder!) lockte ihn an den *verschwundenen Fluß* (die Mulde wohl?), welcher sich in Bodenwellen aus Steinen und schäumendem Gras in den Tieflehm ergoß. Flick kontrollierte verwundert den trockenen Lauf. Er war sich nicht schlüssig, ob hier ein Verweis oder die Prämie fällig wäre im Wettbewerb *Schöner unsere verschwundenen Dörfer und Städte.* Wie man noch überlegte in der Zentrale, sah Flick sein Nachbild lächeln. Das wird Vater und Mutter nicht gleich und hat am Humbug Behagen. Das arbeitet nicht nach der Schnur, und spielt nicht vergebens … das macht die Arbeit von übermorgen. Das ist um seiner selbst willen da!

Der Urahn stand beschämt vor dem nutzlosen Wesen; und hoffte, die Menschheit könnte dies kindliche Antlitz tragen, nicht seine alten mürrischen, harten – diese feinen, mutwilligen Züge. Der Junge schickte ihn aber mutwillig in die *fabrique,* die im Wald lag. Ein grauer, kaum übermannshoher Bau, Quadermauern aus Billigbeton. Kurze gewinkelte Gänge, die den Alten ins Innere führten, d. h. in die Irre, grauer knirschender Kies, er tappte hin und her wie im Leben, grau und schwarze Vögel umflatterten ihn, eine Treppe aus gleichen groben Steinen, auf der noch zwei übrige im Wege lagen, ging acht Stufen hinauf. Als Flick außer Atem hochstieg zu dem Altar, roch es streng, und es ruhte und stank dort ein Haufen. – Auf *dem* Altar hatte er sein Leben geopfert. O

Vater Zeus, was hast du vor mit mir zu tun? redete er
wirre, wie er die Scheiße sah.

Er fand nicht aus dem Labyrinth heraus, und Luten
mußte ihn an der Pfote nehmen. Sie liefen durch den
dämmrigen Wald. Aus den Föhren tönte (– Kofferheu-
len) schaurige Musik. Lutens Augen glänzten. Sie kamen
eben zurecht, als die Grube sich füllte. Es war aber keine
Grube, sondern ein ausgegrabener Raum, ein Stadion
aus Rasenbänken, wie eine riesige Ohrmuschel in die
Erde gedellt, mit der sie hörte. Denn schon begann der
Sirenengesang, von einer Ofenbühne her, wo unter Feuergarben der Abstich geschah. Flick horchte erschreckt
in die Werkstatt und begriff, daß er am Ort war, und
begriffs nicht, denn bei der tosenden Tätigkeit, wo man
in die Hände klatschte und den nackten Oberkörper
wiegte und die Arme hochwarf, wurde er nicht erwartet
in seinem Alter, und sein Erscheinen beruhigte nicht die
Horden, die sich aus Gewerken der Rocker und Punks
rekrutierten. Seine eigne Montur mußte wie eine Ver-
kleidung wirken (der rote Helm), eine Karnevalskluft,
die sein Handwerk verhöhnte. Weil er nicht wußte, ob er
hellsah oder halluzinierte, aber Nervenstärke angesagt
war, mußte er sitzenbleiben und abtreten; und löste also
das Koppel vom Leib und gab es Luten, der es sich samt
Karabinerhaken um den Hals hängte. Er hörte nicht
mehr seine (innere) Stimme und war nicht bei Trost,
aber der ohrenbetäubende Lärm schien direkt aus der
Erde zu kommen, dem zerrissenen Flöz, von den För-
derbrücken, und die Kohorten der Nachtschicht röhr-

ten alle zugleich. Ein antikisches Stöhnen – uah; das hatten sie mit den Griechen und Römern gemein, daß sie Stadien füllten, nur waren hier auch die Frauen dabei und die Sklaven vom Gleisbau. Brot und Spiele, Scheiße und Krieg. Doch nun war es der Junge, der sich als Fachmann erhob und die Meute befehligte: SCHEISSE UND KRIEG! SCHEISSE UND KRIEG! und sie dirigierte, ohne den Takt zu treffen, denn die werktreuen Truppen zischten und wischten ihn nieder. Es rummste und kollerte in dem Bauch, der mächtigen Menge, die ihn verdaute – . Wie klänge es (dachte Flick), wenn es dächte im Kopf, es müßte still sein, frühe am Morgen, der mit fester Feder am Himmel schreibt. – Die Vorstellung heißt *die Agora von Goitzsche*.

Siebenundvierzigstes Kapitel
worin Flick mit dem Tode ringt, bis es ein Ende hat

Indem Flick alt und schwach geworden war, wurde er auch weise, und er lernte nichts zu tun. Das lag ihm nicht und strengte ihn an, aber die Nächsten lehrten ihn, wie ers machen mußte. Er ließ also *Fünfe grade sein* (sie hatten ihn alle fünf in Stich gelassen). Es blieb nun eigentlich nur die Arbeit zu sterben, er schob es nur immer bange auf, denn würde er noch Kraft genug haben? Das hatte er somit vor sich und brauchte weiter keine Leute dafür. Ich mache die Ausnahme, und bevor der Tod wieder

kam, bin ich schon bei ihm und sehe auf seinen mageren
Leib; und Flick von Lauchhammer fragte –
Die Fragen, die er stellte, waren natürlich:
Was liegt an?
Wo ist das Problem?
und ich habe zu antworten, was der Fall ist, und wie ich
die Sache schildere, war er, ohne sich viel zu zieren und
zu zitieren (»In Ordnung. Das schaffen wir schnell«) zu
allem bereit. Dabei habe ich gar nichts Besondres für
ihn, keinen sinnvollen Auftrag, keine berühmte Absicht,
aber einen wirklichen Einsatz. Doch bis wir es schrift-
lich haben, wollte er sich noch was vorlesen lassen (denn
er hatte ja eben die Bücher entdeckt) – und ich habe nur
das Machwerk zur Hand und las die Stelle, wo der Tod
angeklopft hat. Er hörte es lächelnd und fast zufrieden
und glaubte es nicht, weil er gar keine Kraft dazu hatte.
Er wollte viel lieber das Kapitel über die Liebe vernehmen, von dem ja der Unverstand nicht loskommt; ein
Wunsch sehr zur Unzeit und unverschämt: wir würden
damit nicht fertig werden. Darum kürze ich das Ganze,
weshalb ich das Genre wechsle und mehr von meinem
Gedinge als seinem spreche:

DIE UNZEIT

Wie an der Mutterbrust ich wunderbar
Die höchste Zeit verschlief wie ein Barbar –
Wußte ich denn, daß es für immer war –

So lebt ich achtlos in den Tag hinein;
Was Arbeit sei? nur andre Kinderein
Und wie im Traum fiel mir die Liebe ein:

Wann ists, seitdem ich fiebernd nachgedacht?
Bin ich zum Leben gar nicht aufgewacht.
Jetzt werd ich wie ein Kind zu Bett gebracht.

So reimte ich das ironisch, es war keine kleine Arbeit, und es arbeitete wohl in ihm. Er hörte die Fabel ernst an: und hob die Hand, um (bei den Kindereien) einzugreifen, doch der Schluß überzeugte ihn; und er konzentrierte sich auf ihn und schiß in das Laken. In dem Moment der Not kam der Tod herein. Er wollte reinen Tisch machen. Er legte sich ruhig zu dem alten Kind und Kunden, um ihm sacht die Augen zu schließen. Flick ließ es sich aber nicht nehmen, mit dem Tod zu ringen. Das war ihm die Sache wert, daß ers selber zuende bringt. So ging das eine Weile, bis der Tod doch grimmig wurde und er keine Luft mehr bekam. Da schwanden ihm die Sinne, und *es war getan.*

Achtundvierzigstes Kapitel
das den Meister Flick zur letzten Ruhe bettet,
uns aber noch zu schaffen macht

Flick wurde an einem Werktag auf den Friedhof ge-
bracht. Das war nun vorläufig der letzte Ort, an dem er
erschien und den Haufen ganz ernst und ruhig machte,
denn er selber wurde ja zur Ruhe gebettet. Es standen
nur mehr als sonst im Wege und waren gehalten, wie der
Tote kürzer zu treten. Ludwig, der fest glaubte, daß der
Großvater seinem Leben ein Ende gesetzt, jedenfalls in
der Not zugegriffen hatte, war es unheimlich, wie der
Alte nicht weiter Hand anlegte und auch nicht selbst die
Ansage machte:
Fahr hin in Frieden.
Mit diesen Worten nahmen die Träger den Sarg auf und
machten gehörig den kleinen Gang, den kein Sterblicher
zu Fuß geht, sondern er läßt sich schleppen. Sie hielten
dann akkurat über der aufgeworfenen Grube, und einer
der Männer kommandierte:
Ruhe! (und fuhr fort) in Frieden,
und Luten sagte: und im Krieg –
und dachte im Regen und der Sonne, nämlich immerdar,
und die Tränen liefen ihm über die Wangen, während er
gerechterweise lachte. Da ließ einer der Träger, der ihn
ansah, den schwarzen Gurt fahren, und sein Gegenüber
vor Schreck den seinen: und der Sarg rutschte senkrecht
ins Loch. Man hörte ein Poltern, das vielleicht von dem
Helm rührte oder dem Werkzeug, das man dem Toten in

217

Öllappen gewickelt mitgegeben hatte. Jetzt stand der alte Hund aufrecht im Grab und mußte in die rechte Lage gewuchtet werden. Er hatte verdammt nicht vermutet, daß es bei seiner Beerdigung zu einem Unfall kommt, sonst hätte er vorgesorgt gehabt und das Luder ordentlich instruiert, keine Extrafaxen zu machen. So aber hat er seine Leute noch beschäftigt und ins Schwitzen gebracht. Luten indes sah ein oder sah, daß der nun, seiner Schwäche ledig, hinkäme an einen Ort, wo er erwartet oder eben nicht erwartet wurde. Sein Wille und seine Lust würden wohl oder übel neue Tätigkeit finden. Es gab noch Arbeit nach dem Tod. — Flick wurde aber auf einem Acker begraben, unter dem ein Rest Kohle lag, wo er damit rechnen durfte, noch wieder herausgeholt zu werden; wozu er, wie wir ihn kennen, ohne weiters bereit war.

Nachrede

die eher das Buch für tot erklärt als seinen Gegenstand,
obwohl andere sagen, daß es seinen Gegenstand
überlebt

Der Verf. hat die Einträge in vier kurzen Einsätzen niedergeschrieben und sich wieder auf die faule Haut gelegt. Er hat nicht das Gefühl, groß gearbeitet zu haben; in seinem niedern Genre, dem alle Einbildung abgeht, aller Glaube an den Selbstlauf, mußte er aber auf Tätigkeit setzen, seines Helden, den er, wie andere Autoren den ihren, verabscheut und liebt, bewundert und bedauert. Den *Arbeitstitel* (= Machwerk) läßt er drüber stehen; mag er abschrecken, immerhin verspricht er ein Werk, das er gemacht hat. Er hätte es auch die Unnützen Novellen oder die Schwachen Schwänke nennen können, elende Lektüre jedenfalls für die Lustigen, oder verhält es sich umgekehrt; Elende gibt es wie Sand am Meer. – Bei dem Auflauf am Grab konnte man meinen, er hätte ein ganzes Geschlecht beerdigt, »mit ihm ist eine Zeit zuendegegangen«, klagt man aufatmend; aber – ja: es sind zu viele Aber in den Kapiteln, als daß ihnen nicht weitere folgen müßten, und irgendein Plagiator (ein Zeitalter) kann sich an die Arbeit machen, weil man sonst keine weiß. Die Fragen überleben die Antworten wie der Hunger den Witz, und für die Garküche der

Zukunft sind keine Rezepte geschrieben, die Roboter, die sich von Menschen ernähren, verrecken auch. Eben hat ein Experte »ganz ruhig« die Arbeitsagentur Nord betreten und den Tisch der Sachbearbeiterin mit einem 5-Liter-Kanister Spiritus in Brand gesetzt. Sie hat einen Schock erlitten; aber auf dieses Mittel setzt Verf. nicht. Er hat das Meer vielleicht überfischt, aber den Gegenstand nicht ausgeschöpft. Er handelte in der Not, die er gegeben sieht. Vielleicht muß sich die Menschheit noch einmal buchstabieren, und der neue Anfang der Geschichte heißt: *für den Letzten soll die Welt gemacht sein.* Gewohnt zu scheitern denkt er für sich, die eigentliche Arbeit habe noch gar nicht begonnen, sie wird der Gesellschaft den Atem verschlagen. Nichts ist nahrhafter als begriffene Irrtümer: so können sich Kannibalen sättigen, auf den Schlachtfeldern. Das sollen die jungen Spunde, die die üble Nachrede lesen, sich gesagt sein lassen und auf die Ältern, die noch im Gröbsten sind, zurück wie auf Kinder sehn.

Verweise

O Arbeit, besser wärs …: verarmtes Zitat aus Baltasar Graciáns Kritikon, Erste Krisis: »O Leben, besser wär's, du hättest nie begonnen. Einmal begonnen jedoch, solltest du nie mehr enden.«

Es muß in dem, was ein lebhaft erschütterndes Lachen erregt …: Kant, Kritik der Urteilskraft.

Was macht den Lausitzer stark? …: fragte und beantwortete der Kostgänger Otto Lukas.

Kein Volk verzweifelt …: Marx an Ruge, Mai 1843.

Spiele, liebliche Unschuld! …: aus Schillers Gedicht Der spielende Knabe.

Die Landschaft kippt, wird grauer …: Christian Lehnerts Bearbeitung des Chorals Nun ruhen alle Wälder.

Es ist doch einmal die Mühe werth …: Johann Joachim Spalding, Betrachtung über die Bestimmung des Menschen.

Die Frau, die eben an mir vorbeiging …: Seghers, Transit.

Man lebte mit, konnte Lebensläufe wie Kleider …: Markus Gasser, Die Sprengung der platonischen Höhle.

Experimentum Mundi: in dem, weil es *eine bloße Lustreise wagt*, die Philosophen Kant und Bloch begriffen sind, *gerade wegen der prekären, mindestens unausgemachten Stellung des Menschen im Weltall.*

Inhalt

Einleitung 11

Erstes Buch 13

Zweites Buch 68

Drittes Buch 123

Viertes Buch 169

Nachrede 219

Verweise 221